Lis Lundt

No Risk - No Fun, Kein Date - Kein Mann

Lis Lundt

No Risk - No Fun,
Kein Date - Kein Mann

Meine Flucht nach vorn,
um nicht als sekundäre Jungfrau zu enden

Bibliografische Information der Deutschen Nationalbibliothek: Die Deutsche Nationalbibliothek verzeichnet diese Publikation in der Deutschen Nationalbib-liografie; detaillierte bibliografische Daten sind im Internet über http://dnb.dnb.de abrufbar.

Die automatisierte Analyse des Werkes, um daraus Informationen insbesondere über Muster, Trends und Korrelationen gemäß §44b UrhG („Text und Data Mining") zu gewinnen, ist untersagt.

©2024 Lis Lundt - info@lislundt.de
1. Auflage Oktober 2024
Umschlaggestaltung und Satz: J. Nickson

Verlag: BoD · Books on Demand GmbH, In de Tarpen 42, 22848 Norderstedt
Druck: Libri Plureos GmbH, Friedensallee 273, 22763 Hamburg
ISBN: 978-3-7693-0194-6

Inhaltsverzeichnis

Vorwort   **1**

Wie alles begann   2

Erster Akt   **5**

Die den Löwenzahn bekommt   5

Berufsjugendliches Mängelexemplar   8

Der Mann, der davon lief   14

Dirty Talk   18

Pulitzer-Preis   20

Das Schützenfest   25

Z3 oder in der Waagerechten ist die Größe egal .   29

Der Schamane   32

Intermezzo I   **37**

Zweiter Akt   **45**

Bestellnummern und Schwänzeltanz   45

Disco-Fox   51

Der Akademiker   55

Blondinen bevorzugt   64

Die Uniform   68

Der Handwerker   71

Ein kleiner Haken   75

Blauer Dunst   79

Intermezzo II   **85**

Dritter Akt   **91**

Ungleichgewicht   91

Die Ehefrau auf dem Fußballplatz   95

Ohne Profil   103

Familienidylle   112

Letzte Anläufe   117

Goodbye Try-and-Error 123
Das Kreisdiagramm 125
Gedanken über Selbst- und Fremdwahrnehmung . 130
Resumeé und Ausklang 135

Anhang - Tipps für das Verhalten in Internet-Single-Börsen **139**

Vorwort

Geschichten, die das Leben schrieb, sollen ja bekanntlich die besten sein.

Als ich mich nach dem Ende meiner Ehe ab dem Jahr 2003 auf Partnerbesuche begab, erlebte ich mehr als nur eine Geschichte. Wenn ich meine Erfahrungen mit einer Freundin teilte, als Anekdoten in der Kneipe erzählte oder schriftlich einigen Mailpartnern zu kommen ließ, waren einige so begeistert, dass ich schon mehrmals mit dem Gedanken spielte, ein Büchlein mit Kurzgeschichten zu verfassen. Mir fiel beim Erzählen auf, dass weibliche Zuhörerinnen jeweils die Gesamtsituation witzig fanden, dass männliche Gegenüber hingegen den stets mal mehr oder weniger mitschwingenden zwischenmenschlichen, leicht frivolen Inhalt und die Sicht- und Erzählweise einer Frau begrüßten.

Über eine Inhaltsangabe, ein Vorwort und relativ leere Dateien-Sammlungen war ich zehn Jahre später nicht hinausgekommen, obwohl ich gefühlte 500 Seiten Rohmaterial in meinem PC-Nirvana wähnte. Tatsächlich gibt es viele unsortierte Dateien mit lustigen Inhalten, die aus meiner heutigen Perspektive doch nicht mehr so nachvollziehbar sind wie beim damaligen Abfassen. Komisch, kaum wartet man zwei Jahrzehnte, schon verschwimmen die Erinnerungen...

Letztlich habe ich dann einfach drauf losgeschrieben. Ohne viel Poesie, gedankliche Schnörkel, Wertungen, Lebenstipps oder handelsübliche Weisheiten. Ob die nun hier vorliegenden Geschichten tatsächlich so, oder so ähnlich, gar nicht, ganz anders, mir, einer

Freundin oder einer entfernten Bekannten passiert sind, können die Leser gern selbst entscheiden. Aus meiner Sicht werden – nicht nur durch den Zeitabstand – in jedem Fall Datenschutz und Diskretion gewahrt. Sollte jemand meinen, sich oder andere lebende Personen zu erkennen, mag dieses am Zufallsprinzip liegen oder daran, dass es Geschehnisse und Menschentypen gibt, die sich vielleicht doch wiederholen.

Wie alles begann

Als meine erste - und bis dahin einzige - längere Lebenspartnerschaft endete, war ich Mitte Dreißig, Mutter von zwei Söhnen im Kleinkindalter und in sexueller Hinsicht ziemlich naiv. Bis dato war alles so normal und leider auch selbstverständlich gewesen. Partnerschaft wurde von mir als gutes Team gesehen, eine Freundschaft auf Augenhöhe und mit „Plus". Nachdem der Film der Jugendliebe zu Ende war und die Kinder nach der Trennung zur Hälfte im Haushalt des Vaters lebten, konnte ich nicht mehr die Ausgeglichenheit fühlen, die ich noch als Jugendliche und Studentin in mir trug, wenn ich Zeit mit mir allein verbrachte. Ich war bis dahin immer gern „bei mir" gewesen, wusste ich doch einen festen Partner im Hintergrund, der mir innere Ruhe gab. Außerdem war ich viel zu neugierig auf ein Leben nach der Ehe, als dass ich meine Freizeit als Halberziehende nur mit meinen Hobbies, Frauengesprächen und schon gar nicht mit Yoga- oder Volkshochschulkurse verbringen wollte. Ich wollte weder mehr als bisher für meinen Beruf leben noch am Wochenende den Fernsehtod sterben.

Wie auch immer, es musste einfach ein zweiter Mann in mein Leben treten! Ich wollte unbedingt jemanden „näher kennenlernen", denn ich hatte vor, während und nach der Beziehung zu meiner Jugendliebe nur diesen einen männlichen Körper genossen. Diesen zwar viele Jahre und Male, aber dennoch: nur den Einen! Die

Panik, als „Sekundäre Jungfrau" zu enden, bereitete mir echte Probleme. Diesen Begriff habe ich selbst kreiert, analog zu meinem Wissen über sekundären Analphabetismus. Er bedeutet im Klartext, dass ich zwar ein erquickliches Sexleben gepflegt hatte, mir aber zukünftig nun doch eine nachträgliche „Altjungfernschaft" drohte, einhergehend mit dem Versiegen von Humor, Lebensfreude und jeglicher Körpersäfte bis hin zur absoluten Unattraktivität. Was für ein Graus!

Wo sollte bloß ein Mann herkommen? In meiner Vergangenheit hatten mich andere Männer absolut nicht interessiert, war ich doch mit meinem Partner mehr als zufrieden gewesen. Unter den männlichen Exemplaren in meinem Bekanntenkreis und in der Kneipe befand sich niemand, von dem ich auch nur im Ansatz dachte: „Der könnte mir auch gefallen", „mit der Frau würde ich gern tauschen" oder gar „den würde ich nicht von der Bettkante schubsen".

Ohne ein klärendes Erlebnis in meinem ersten Sommerurlaub als Single, welches alle Klischees erfüllte, wäre ich vielleicht nie auf die Idee gekommen, aktiv nach einem Mann zu suchen. So aber spornte mich der Gedanke an „Was mit einem Fremden weit weg von zuhause hervorragend funktioniert hatte, musste doch auch in einem heimatlichen Umkreis von etwa 60 Kilometern zu finden sein!" Gleich im Herbst begann ich motiviert – und völlig antiquiert - auf Kontaktanzeigen in der Zeitung und in Kleinblättern zu antworten. Leider meistens mit mäßigem Erfolg, oft kam keine Antwort auf meine sorgfältig handschriftlich verfassten Anschreiben zurück, obwohl – oder weil – ich ein Foto beigelegt hatte?

Erst ab April des folgenden Jahres war mir das Medium des Weiten Netzes zugänglich. Es bedurfte drei Monate des „Einarbeitens", dann beherrschte und verfeinerte ich die Kunst des Handlings von Internetbörsen – was für eine Freude! Glaubte ich zuvor noch, dass Swingerclubs Lokale im Stil der Zwanziger Jahre seien und kannte Ausdrücke wie Fußfetischist und devot nicht, konnte mich ein Jahr später kaum noch eine An- und Abfrage nach sexuellen Vorlieben oder meiner Unterwäsche aus der Bahn werfen. Nicht, dass ich bis dahin so viele Erfahrungen nachgeholt hätte, doch dank einer flotten Auffassungsgabe entwickelte ich eine sprachliche Schlagfertigkeit, der die meisten im Netz nicht gewachsen waren – schon gar nicht schriftlich und nur sehr wenige Männer. Ab diesem Zeitpunkt machte mir das Ganze so richtig Spaß. Nicht nur die Schreiberei und Auswahl von Dating-Partnern wurde zu einem Zeitvertreib. Die vielen Telefonate, Treffen und auch die zwei bis drei ernsthaften Beziehungsversuche pro Jahr brachten freudige Abwechslung und zusätzliche Farbe in mein Leben.

Die Frage meiner Freundin: „Wo nimmst Du die Energie zum Daten bloß her?" hatte ich oft mit meinem flapsigen Spruch quittiert: „No risk, no fun, kein date, kein Mann" und die Begründung nachgeliefert, dass ich jetzt suchen müsse, um vielleicht in fünf Jahren jemanden Festes an meiner Seite zu haben. Außerdem war ich mir bald sicher: Sekundäre Jungfrau würde ich auf keinen Fall...

Nachdem ich nichts ausgelassen hatte - Speed-Dating, Susanne-Fröhlichs-Ausgehspiel bei HR3, Annoncen, unterschiedlichste Single-Börsen habe ich das Daten über Internet fünf Jahr später ad akta gelegt, da sich trotz aller Bemühungen kein nachhaltiger Erfolg einstellen wollte. Das Küssen unzähliger Prinzen, die dann aber doch Mundgeruch hatten, rauchten, langweilig waren oder sich in Frösche verwandelten, wurde mir auf die Dauer zu anstrengend. Als dann noch ein befreundetes Paar sarkastisch nachhakte, ob sie sich den Namen des aktuellen Typen denn überhaupt merken müssten, stellte ich das Daten komplett ein.

Erster Akt

Die den Löwenzahn bekommt

Kontaktanzeigen in der Tageszeitung gab es zahlreich, kamen aber oft so bieder daher, dass ich mich auf das Lesen von Inseraten im örtlichen Monatsblatt und die letzte Seite eines Veranstaltungsmagazins der Region Kassel – Paderborn – Marburg konzentrierte. Eines Tages gab mir eine Überschrift Rätsel auf „Die den Löwenzahn bekommt".

Im Text darunter suchte ein männliches Exemplar mit den für mich in etwa in Frage kommenden Eckdaten (Größe, Gewicht, Nichtraucher u. ä.) ein weibliches Wesen für eine Partnerschaft. Die Neugier war geweckt und ich verabredete mich per Kurznachricht in einem Kaffee des Ortes mit dem Mann. Irgendwo musste ich mit meiner Suche ja anfangen.

Äußerlich entsprach der groß gewachsene Mann, der mein Hobby Motorrad fahren teilte, nicht so ganz meinen Erwartungen: Bereits ergraut mit halber Glatze und einem nicht ganz stimmigen BMI saß er an einem Bistrotisch in der Fußgängerzone.

Okay, „auf die inneren Werte kommt es an", dachte ich mir und startete unbefangen in die folgende Unterhaltung. Ich erfuhr, dass er derzeit mit einer langjährigen Partnerin und deren Nachwuchs in einer anderen Kleinstadt zusammenlebte. Aus beruflichen Gründen wollte er den Wohnort wechseln. Für ihn war es somit logisch, dass er sich in Umgebung seiner Arbeitsstelle eine neue Partnerin suchte. Die aktuelle Lebensgemeinschaft wollte er beenden, sobald er dieses Ziel erreicht habe. Seine Gefährtin wisse nichts von seinen Plänen, er wolle nicht die Pferde scheu machen und nicht mit ihr über ungelegte Eier reden.

Damals innerlich über diese „Unmoral" entsetzt, ließ ich es mir nicht nehmen, noch etwas nachzubohren: Ja, die neue Partnerin sollte möglichst altlastenfrei, zeitlich flexibel und finanziell unabhängig sein, alle Männerhobbies tolerierend seine Wäsche waschen, leckere Gerichte zaubern und im Bett keinen Wunsch offen lassen. Vor meinem inneren Auge sah ich eine vollbusige Blondine mit Schürze ohne Unterwäsche in seiner Küche stehen. Hallelujah, was für eine Männerphantasie.

Hier war ich raus!

Immerhin erkundigte ich mich noch nach seiner Annonce und ihrem Titel. Ich dachte immer, Frauen bekämen Rosen... was sollte da der Löwenzahn? Auf die Antwort hätte ich ja wirklich selbst kommen können: Es handelte sich um einen Druckfehler. Es sollte heißen „Die den Löwen zahm bekommt".

Dieses Erlebnis beschäftigte mich eine ganze Zeitlang, so dass ich es einige Wochen später im Sommerloch des Radiosenders beim Ausgehspiel nicht lassen konnte, der Moderatorin Susanne Fröhlich davon zu berichten. Einmal in Fahrt – ich hatte in der einminütigen Vorklärung die Wahl für offene Fragestellungen getroffen – übertrieb ich etwas mit der kurzen Darstellung des „fast zahnlosen" Löwen mit Bierbauch, der meiner Ansicht nach Minimum lieferte und Maximum forderte, weil er sich eine Partnerin in Form einer Barbiepuppe als lebendige Waschmaschine und Sexgranate wünschte.

Ich hatte den Hörer noch nicht aufgelegt, als mich eine Sms erreichte, in der der Löwe sich erkundigte, ob ich mit der Waschmaschine denn ihn gemeint hätte. Ertappt reagierte ich nicht. Zumal ich mir nicht vorstellen konnte, dass sein Ego in der Lage gewesen wäre, meine Kritik nachzuvollziehen.

Wahrscheinlich hat dieser Mann genau das gefunden, was er gesucht hat. Zumindest hatte er dafür ein entsprechendes Selbstverständnis an den Tag gelegt. Bestellungen beim Universum oder Self-fulfilling-prophecy, Wünsche können durchaus in Erfüllung gehen. Mäuschen würde ich allerdings schon gern spielen...

Das Ausgehspiel bescherte mir drei bis vier interessante Telefongespräche und eine weitere Dating-Erfahrung, von der ich an späterer Stelle berichten werde.

Berufsjugendliches Mängelexemplar

In einem Veranstaltungsmagazin fiel mir die Annonce eines Motorradfahrers auf, der sich, eher unüblich für einen Mann, recht pfiffig beschrieb und eine Frau suchte, die mit ihm „einige Kurven des Lebens zusammennehmen" wollte. Ich schrieb ihm ganz oldschool einen Brief, auf den ich tatsächlich Mal eine Antwort erhielt.

In schöner geschwungener Schrift teilte er mir seine Handynummer mit und sein Interesse, mich zu treffen. Er äußerte die Hoffnung, ich würde die Fußrasten eines Motorrads nicht nur als Ablage für die Füße ansehen. Neugierig vereinbarte ich mit ihm ein Treffen in einem Paderborner Bistro.

Ich staunte nicht schlecht, als sich ein großer, schlanker, attraktiver Typ mit blonden, längeren Haaren in einem zeitgemäßen Biker-Outfit durch die Stühle schlängelte, der sich zu mir an den Tisch zu setzte. Wow, der sollte Single sein? Ich konnte mein Glück kaum fassen.

Wir unterhielten uns angeregt und ich erfuhr, dass er für sein Leben gern Enduro und Motocross fuhr, was ihn in meinen Augen noch interessanter für mich machte. Ich sprach ihn auf seine Schrift und lockere Art zu schreiben an und er gestand mir, dass sowohl das Inserat als auch der Brief mit der Unterstützung einer guten Freundin verfasst worden waren. Mir gefiel seine Ehrlichkeit und ein wenig war ich auch erleichtert, denn die Ausführung der Buchstaben hatten auf mich schon recht weiblich gewirkt.

Ein solches Prachtexemplar konnte ich mir nicht entgehen lassen, auch wenn diese coole Socke ein gutes Stück von mir entfernt wohnte. So scheute ich den Weg nicht und besuchte ihn am nächsten Wochenende standesgemäß mit dem Motorrad.

Mike, so nennen wir ihn mal, lebte in der Dachgeschosswohnung im Haus seiner Eltern. Nach einer kurzen Begrüßung führte er mich durch den Garten in einen Schrauberschuppen, wo ich kurz seinen Vater kurz kennenlernen durfte. Ein sympathischer Herr mit festem Händedruck. Wir tauschten uns zu dritt über Motorräder aus und ich konnte zahlreiche Pokale in Augenschein nehmen, die mein neuer Schwarm seit seiner Jugend errungen hatte.

An seiner Wohnung hatte ich nicht viel auszusetzen. Sie verfügte über alles Notwendige, war recht hübsch eingerichtet, sauber und ordentlich. Es wunderte mich lediglich, dass die Kochnische so spärlich ausgestattet war.

Während unserer nicht endenden Unterhaltung war die Zeit bereits recht weit fortgeschritten, die Dunkelheit brach herein und von fern kündigte sich ein Gewitter an. Der blonde Ritter ließ es sich nicht nehmen, die Prinzessin heil nach Hause zu kutschieren und so fand ich mich bald darauf in seinem Lieferwagen wieder, mein Motorrad sicher im Stauraum festgezurrt.

Auf der Heimfahrt kamen wir auf das Thema Sexualität zu sprechen und nach dem Verfrachten meiner Maschine in die Garage bemerkte ich beim anschließenden Knutschen und Fummeln, dass sich etwas unter seiner Gürtellinie regte. Ich machte diesbezüglich eine Bemerkung in der Art, dass ihn unser Gespräch wohl angeregt habe und Mike antwortete mit einem leicht verbissenen „Das wollte ich aber auch gemeint haben!".

Der nun folgende Akt im Schlafzimmer sollte nicht eben zu den Highlights gehören, denn mein Partner verhielt sich etwas verkrampft, um männliche Härte bemüht und fast etwas aggressiv. Ich konnte sein Verhalten schlecht einordnen und schlief etwas verwirrt ein. Ein halbherziger Versuch der Tuchfühlung am nächsten Morgen wurde von ihm abgebrochen, da er noch ziemlich müde war, wie er sagte.

Ich beschloss, Mike ausschlafen zu lassen und hoffte, er würde verschwunden sein, bevor mein berufliches und privates Hamsterrad sich erneut zu drehen begann. Als er nach Mittag immer noch in meinen Federn pennte, konnte ich nicht umhin, die Fenster aufzureißen und ihn etwas unsanft in seinen Transporter zu schieben.

Etwas ernüchtert dachte ich daran, dass Ganze zu beenden, bevor es richtig anfangen würde. Andererseits wollte ich nicht so schnell aufgeben. Außerdem reizte mich die von ihm ausgesprochene Einladung zu einem Ausflug an eine Motocross-Strecke. Zumindest dieses Abenteuer sollte ich noch mitnehmen und ihm dabei die Chance lassen, sich von einer besseren Seite zu zeigen.

Da die Strecke im Norden lag und seine zwei Kumpels nur am Samstag Zeit hatten, sollten wir sehr früh am Morgen starten. Es war also mehr als sinnvoll, bereits am Freitagabend zu Mike zu fahren. Damit bot sich mir eine gute Gelegenheit, die Sache mit der Waagerechten wiederholt auszutesten. Aber Pustekuchen: Bei den ersten Versuchen meiner Hand, sich seiner intimen Region zu nähern, bekam er einen Krampf im Unterschenkel. Als dieser behoben war, war Mike zu müde und wollte schlafen, da er ja morgen so früh aufstehen musste. Das akzeptierte ich, denn ich hatte am letzten Wochenende bereits verstanden, dass er zu den Langschläfern gehörte.

Am nächsten Morgen sprang er mehr als schnell aus dem Bett und statt einem gemeinsamen Frühstück eilten wir in die Küche seiner Eltern, wo er dem Kühlschrank fertige Brotboxen entnahm, um sie mit der bereitgestellten Thermoskanne Kaffee in einem Baumwollbeutel zu verstauen. Währenddessen ging seine Mutter nach oben, um zu lüften und die Betten aufzuschütteln. Mike erklärte mir, dass er so früh noch nichts durch den Hals bekäme und packte sich, mich und seine Motorradsachen in den Transporter.

Meine Enttäuschung über diesen ungastlichen und abrupten Aufbruch milderte sich, als wir seine Biker-Kollegen im nächsten Ort trafen. Wahnsinn. Einer von ihnen besaß einen großen Pickup, der locker Platz für drei Geländemotorräder nebst einer großen Metall-Equipment-Kiste auf seiner Ladefläche bot. Wir wurden im hinteren Teil der Fahrerkabine untergebracht und nachdem sich die beiden Familienväter von ihren hübschen Frauen und kleinen Kindern verabschiedet hatten, brausten wir Richtung Bremen davon.

Es fühlte sich sehr, sehr lässig an, in diesem Gefährt durch die flache, mit Spargelfeldern gespickte Landschaft zu sausen. Der exquisite Sound von Cheryl Crows „All I wanna do" erfüllte den Raum und tat sein Übriges. Die „good vibrations" setzten sich über die CD-Länge fort, so dass ich zunächst gar nicht wahrnahm, wie elend lang die Anfahrt zu dieser Strecke war.

Erst als Mike seine Brote auspackte und zu schmausen begann, bemerkte ich, wie hungrig ich war. Doch statt mir etwas von seiner Mahlzeit abzugeben, schlabberte er mir Camembert kauend durch das Gesicht. Baaah, war das widerlich! Mir waren Appetit und gute Laune schlagartig vergangen und ich war froh, als wir an dem Gelände ankamen.

Die drei Männer drehten ihre Runden auf der mit Schlamm bedeckten Piste und hopsten über die Table und Hügel. Das Ganze hatte etwas von einer Delfin-Show und war tatsächlich sehenswert. Das Fußrasten keine Ablagen sind, wurde mir mehr als deutlich vor Augen geführt. Leider nieselte es und es kam negativ hinzu, dass Mike alle drei Runden aus dem Parcour ausscherte und zu mir auf die Erhöhung für die Zuschauer kam, um mir für alle sichtbar einen Schmatzer aufzudrücken. Ich fühlte mich wie die Laterne, die vom reviermarkierenden Hund angepinkelt wurde, damit sie bloß kein anderer in Besitz nahm.

In dem nebenliegenden Kiosk wärmte ich mich auf, erfreute mich an einer Schachtel Pommes und kam locker mit den Freunden von Mike ins Gespräch, während dieser sein Motorrad vom gröbsten Schlamm befreite. Ich erfuhr, dass Mike bisher nie eine Freundin mitgebracht hatte und bekam meinen Verdacht bestätigt, dass er zu den Jungs gehörte, die sich gern bemuttern ließen.

Mike selbst gefiel es nicht, dass ich mich so gut unterhalten hatte. Auf der Rückfahrt zeigte er mir die kalte Schulter, ignorierte mich grade zu. Wir hielten nur kurz an, um etwas Spargel auf dem Weg zu kaufen. Auch in dieser Nacht fand kein großartiger Körperkontakt statt und ich fuhr am nächsten Morgen gedankenvoll nach Hause.

Nachdem ich alle Erlebnisse auf mich hatte wirken lassen, reifte in mir der Verdacht, dass es sich bei Mike um einen Berufsjugendlichen handelte, der nicht in der Lage war, auf eigenen Beinen zu stehen. Nicht nur das: Von meiner Warte aus hatte er ein ernsthaftes Potenzproblem. Sein bestes Stück kam entweder nicht richtig in Wallung oder es ließ trotz Liebesspiel schnell in der Standhaftigkeit nach. Ihn selbst machte dieser Umstand leicht aggressiv und er hatte sich Strategien zugelegt, mit denen er Sex vermied. Soweit meine Theorie.

Denn dooferweise war Mike tatsächlich der allererste Beziehungsversuch nach der Ehe und damit der erste Mann, dem ich körperlich nahe kam. Das ein halbes Jahr zurückliegende kurze Urlaubsabenteuer durfte ich nicht als Vergleich heranziehen, da ich es als überirdisch wahrgenommen hatte. Umso größer war nun die Enttäuschung, dass die Mess"latte" nicht mal annähernd von Mike erreicht wurde.

Ich hatte kaum Kenntnisse über das Thema der männlichen Potenz, so dass ich meine Vermutungen nur in Ansätzen mit einem Mailbekannten diskutieren konnte.

Schließlich konfrontierte ich Mike mit meinen Gedanken in einem abendlichen Anruf. Er wich mir aus und brachte schließlich hervor, dass man ja nur den Fernseher einschalten müssen, da verginge einem die Lust auf alles. In jedem Krimi, der Tagesschau und sogar

Dokumentationen gäbe es jeden Tag vielfache Tote, Katastrophen und schlechte Nachrichten. Da wäre es doch kein Wunder, wenn die Libido auf der Strecke bliebe.

Hm. Eine wirkliche Erektionsstörung wollte er nicht zugeben, aber er versuchte mich auch nicht zu überreden, den Beziehungsversuch noch weiter in die Länge zu ziehen. Vielleicht hatte er bereits mehrere erfolglose Kontakte mit weiblichen Wesen hinter sich und war der Diskussion überdrüssig. Wahrscheinlich hatte er aber auch gemerkt, dass ich meinen eigenen Kopf hatte, mir sein Lebensstil im Hotel Mama missfiel und ich seine Berufsjugend nicht unterstützen würde.

So beendeten wir unsere Begegnung an dieser Stelle.

Der Mann, der davon lief

Nachdem die Anzeigenblätter aus meiner Sicht kein ausreichendes „Männermaterial" mehr hergaben, orientierte ich mich an der Tageszeitung. Schon bei den ersten Telefonaten stellte sich heraus, dass sich hier eher psychisch leicht angeknackste Charaktere, verklemmte Junggesellen, das Leben verpasste Akademiker und krude Esoteriker auf der Suche nach einem passenden Gegenstück tummelten und brave Weibchen, Flowerpower-Mädels oder Seelenverwandte „mit Esprit" zu entdecken hofften. Alles nichts für mich. . .

So kam ich zwischenzeitlich – auch schon in dieser frühen Phase - auf den Gedanken, es vielleicht doch mal mit Männern zu versuchen, die „nur das Eine wollten". Die müsste ich nicht gleich bei mir einziehen lassen und könnte sie dann treffen, wenn es mir passte.

Das vielversprechende Inserat eines vermeintlichen Bodybuilders gefiel mir, auch wenn ich mit der Angabe zum Brustumfang wenig anfangen konnte. Die Intention mit gelegentlichen Treffen passte ebenso wie das Alter, so dass ich im Austausch über einige Kurznachrichten auch meine Eckdaten offenbarte (Größe, Gewicht, Nichtraucher, Zielsetzung). Anschließend konnte Stufe 2 starten: Ein Kurzcasting per Telefon, welches dem Zweck diente, potentielle Langweiler, „stumme Fische" und mögliche „Kommunikationshemmungen" vorzeitig zu entlarven und in Folge Zeitverschwendungen zu vermeiden.

Dabei stellte sich heraus, dass der Bodybuilder sich in ganzen Sätzen recht fehlerfrei artikulieren konnte, auch wenn er etwas sehr von sich eingenommen schien und seine sportlichen Erfolge betonte. Er verpasste seinerseits die Gelegenheit auch nicht, mich mehrfach nach meinen Konfektionsgrößen zu befragen. Ich antwortete ihm wahrheitsgetreu und verdeutlichte ihm aus meiner Sicht glasklar und wiederholend, dass mein BH-Umfang nicht über meinem

Intelligenzquotienten liege und die Körbchengröße nicht über ein A hinauskäme, sondern eher im Bereich meiner Blutgruppe A positiv rangiere. Er wurde von mir über Bundweite, Beinlänge usw. bestens informiert. Selbst bei nur halbwegs aktivem Zuhören hätte rüberkommen müssen, dass es sich bei mir nicht um eine vollbusige, rassige Blondine handeln würde.

Umgekehrt erwartete ich nach seinen Beschreibungen, einen sportlichen, großen Typ, dessen Kopf im schlimmsten Fall proportional zu klein zum Body erscheinen würde, dessen Hals aber ausreichend Platz für Medaillen bot.

Wir verabredeten uns an einem Sonntagnachmittag vor dem Rathaus in Kassel mit dem Versprechen, auch bei Nichtgefallen wenigstens einen Kaffee zusammen zu trinken, damit sich der Weg für mich lohnte. Da es unterwegs auf der Strecke zu Behinderungen kam, gab ich die Verzögerungen fairerweise per Sms durch und kam kurz nach der verabredeten Uhrzeit auf den Treppenstufen vor dem Gebäude an.

Es war eine Menge Volk unterwegs, doch ich sah niemanden, der meinem erwarteten Dating-Partner ähnlich sah. Ich wartete... Ich hatte meine schönste enge Jeans, ein rotes T-Shirt und meine schwarze, von einer Freundin geerbte Nappalederjacke angezogen. Leicht erhöhte Absätze rundeten das Bild meines Erachtens optimal ab.

Bei den Beschreibungen zu meiner Person betonte ich immer gern, dass ich weder Schminke, noch eine Handtasche, Pushups oder andere die Realität verfremdende Accessoires trage - what you see, is what you get.

Da ich trotz Natürlichkeit aber auch nicht als Mannweib durchgehen wollte, hatten einige weibliche Allüren Einzug in mein Leben gehalten. Hierzu zählte ich Wimperntusche, ab und zu Kontaktlinsen, unsichtbare Slips und rasierte Achseln. Doch es gab auch

Grenzen: Als sich einer meiner Secondhand Käufe, ein hochhackiger Stiefel, als zu unbequem herausstellte und ich eines Abends die Hälfte der Strecke von der Kneipe nach Hause auf Socken gehen musste, brachte ich die Folterinstrumente umgehend zum Wiederverkauf in den Laden zurück. Dort erfuhr ich, dass es sich um einen „Stehstiefel" handele. Auf mein ungläubiges Erstaunen erwiderte die Verkäuferin in vollem Ernst, damit ließe sich Frau vor der Kneipe absetzen und auch wieder von einem Taxi abholen, da der Schuh nicht zum Laufen gedacht sei. Es sei ein reiner „Stehstiefel". Na, da reichten mir zum Unterstreichen der Weiblichkeit dann doch Silberringe und ein feines Parfum. Die trug ich auch heute.

Doch nun stand ich hier und nichts passierte. Ich blickte mich um, dreht mich um die eigene Achse, ging die Stufen mal rauf und mal runter. Auf eine erste Sms bekam ich keine Reaktion. Ich beobachtete die Umgebung genauer und entdeckte einen untersetzten älteren Typ in brauner Cordhose mit Glatze und Jeansjacke, der mich offensichtlich mit dem Rücken zu mir stehend, die Hände in den Taschen im Spiegelbild eines Schaufensters musterte. Als er entdeckte, dass ich ihn im Visier hatte, floh er mit flottem Stechschritt die Fußgängerzone hinunter und verschwand um die nächste Ecke, während ich noch textete „Du bist doch nicht etwa der Herr in der Cordhose, der grad um die Ecke verschwindet ???"

Ziemlich wütend und angefressen, sandte ich innerhalb der nächsten Minuten noch weitere Nachrichten. Er solle sich doch wenigstens äußern, was das solle, wir hätten ja schließlich als Minimum einen Kaffee verabredet.

Die Antwort ließ noch eine Weile auf sich warten. Sie lautete in etwa Sinn gemäß: „Wenn die Ästhetik des äußeren Erscheinungsbilds nicht den Vorstellungen entspricht, braucht man sich an keinerlei Konventionen halten".

Das fand ich wenig hilfreich und so bohrte ich nach. Schlussendlich gab er zu: „Du bist ja nur dürr und hast gar keine weiblichen Formen". Mir war nicht klar, wie er diese Rückschlüsse gezogen haben wollte und warum ich ihm als Hungerharke erschienen sein musste - zumal ich die Jacke gar nicht ausgezogen hatte. Okay, ich hatte verstanden, dass seine Erwartungen in punkto Arsch- und Titten nicht mit mir im Einklang standen.

Letztlich tröstete ich mich damit, dass er wohl gehofft hatte, ich hätte – so wie er selbst – gelogen und sei ebenfalls gewichtiger, folglich somit draller als behauptet.

Bleibt die Frage, ob es sich hier um eine Projektion oder ein Kommunikationsproblem zwischen Mann und Frau handelte oder ob bei ihm generell eine Diskrepanz zwischen Fremd- und Selbstwahrnehmung bestand. Wie auch immer, ich hätte an dieser Stelle dazu lernen können, nicht von mir auf andere zu schließen.

Der Cliff-Hanger zur nächsten Geschichte ist gegeben: Ich war so sauer und gefrustet, dass ich mir im Museum am Fridericianum das Fritzz-Magazin und den Wildwechsel holte, um über Annoncen in diesen lokalen Veranstaltungsblättern von Kassel aus noch ein weiteres Date anzuhängen.

Das erste Telefonat mit einem netten Mann konnte ich alsbald beenden, denn es handelte sich um jemanden, der mich bereits aus dem Netz und meinem Tanztempel kannte. Wir hatten im beiderseitigen Einvernehmen festgestellt, dass wir nicht zueinander passten. Der zweite Anruf bot mir jedoch ein spontanes und zugleich frivoles Abenteuer, über das ich im Nachhinein oft lachen musste.

Dirty Talk

Da stand ich nun an diesem Sonntag mitten in Kassel, war bereits angehübscht und auf ein Date mit einem Mann eingestellt. Also konnte ich das Ganze auch fortsetzen und meine von mir so hoch gehandelte Menschenkenntnis doch noch auf die Probe stellen.

Das kurze Gespräch aus dem vorherigen Kapitel ergab, dass sich der Mann gern mit mir an einer an der A7 gelegenen Autobahn-raststätte treffen würde. Diese lag zwar am äußersten Rand meines Aktionsradius', aber darauf kam es heute auch nicht mehr an. Dort wollten wir nach einem kurzen Kennenlernen gemeinsam entscheiden, wie der Abend weiter verlaufen könnte. Er hörte sich sympathisch an und ich hoffte, die Eckdaten würden dieses Mal stimmen.

Und, oh Freude, das war der Fall!

Eine angenehme Erscheinung, nicht größer als Robbie Willams, aber von ähnlichem Aussehen. Fein. Einen Latte-Macchiato und ein paar Wortwechsel später entschied ich: Da geh ich mit, den sollte ich Fast-Mauerblume nicht von der Bettkante schubsen. Wie sollte ich sonst Erfahrungen sammeln, wenn ich bei diesem vermeintlich netten Exemplar nicht zuschlagen würde. Die Betonung liegt auf ERfahrung.

So fuhr ich erwartungsgespannt hinter dem Auto des Mannes her bis zu seiner Wohnung, die sich in einem nahgelegenen Ortsteil befand. Eine typische Junggesellenbude: Einzimmerappartement mit großem Bett, Kochnische und kleinem Badezimmer in einem Kellergeschoss gelegen. Das Frühwarnsystem für brenzlige Situa-tionen war in mir nicht angesprungen und ich vertraute auf mein Bauchgefühl – oder vielleicht auch das, was sich darunter befand.

Der Knutschtest, den ich damals noch dabei war zu entwickeln und der sich in vielen späteren Situationen als sehr hilfreich erwies, schlug positiv aus. Meint: Wenn ein Mann gut riecht und küsst, ist er in der Regel dann sexuell kompatibel, wenn sich bei mir in der unteren Etage ein Kribbeln ausbreitet. Das war bei dem Williams-Verschnitt der Fall.

Die Bettwäsche machte einen leicht klammen Eindruck, als wir alsbald zur Sache und uns näher kamen. Bis dato lief alles recht „normal" und ich hatte den Eindruck, eine gute Entscheidung getroffen zu haben. Das Liebesspiel mit diesem mir Unbekannten war sehr angenehm - der ja so Phi-mal-Daumen in etwa der dritte Mann in meinem Sexualleben war.

Als ich mich grad noch freute, raunte er plötzlich diesen Satz: „Los, sag mir was Schmutziges!". Hatte ich mich verhört? Was meinte der Kerl? Er flüsterte weiter in mein Ohr und ich dachte zunächst an Wörter wie in dem bekannten Witz „Küche" oder „Fußboden".... Hatte ich mich im ganzen Leben doch noch nie mit Dirty Talk auseinandergesetzt!

Äußerst zaghaft und verhalten versuchte ich mich dann doch an einem „Fester-tiefer" und Oh-ja-Gestammel, aber Vulgäreres kam mir einfach nicht über die Lippen und ich war froh, als die Situation nach nicht allzu langer Zeit für alle Beteiligten ein halbwegs befriedigendes Ende nahm.

Ich verschwand nach einer schnellen Dusche aus seiner Wohnung in Richtung Lieblingsdisco, die damals noch an den Sonntagabenden schöne melodische Rockmusik bot. Dort tobte ich eine Runde über die Tanzfläche, fühlte mich frei und überdachte den Tag. In der Nacht fuhr ich um gleich zwei Erfahrungen reicher nach Hause und stand mit mir im Einklang.

Pulitzer-Preis

Vor längeren Single-Zeiträumen, die meine Kinder bei ihrem Vater verbrachten, graute mir immer etwas, so dass ich oft vor Beginn der Ferien Dates vereinbarte, um die Zeit sinnvoll mit der Partnersuche zu füllen. Erst später habe ich bemerkt, dass dieses Vorgehen ungünstig für den Aufbau ernsthafter Partnerschaften war, da die Männer durch den nicht vorhandenen Alltag ein verzerrtes Bild von mir und meinem Leben bekamen. In der Realität war ich alles andere als ein dauerentspanntes Weibchen ohne Verpflichtungen. Andeutungen, ich hätte doch eine Art Halbtagsjob mit viel Tagesfreizeit verdeutlichten mir, dass ich potenziellen Partnern besser von Anfang an das Gesamtpaket präsentieren sollte.

An Himmelfahrt hatte ich drei Dates an meine geplante Motorradroute angepasst: Frühstück auf einem Marktplatz einer Kleinstadt mit einem netten Unternehmer, Eis essen auf der Wilhelmshöher Allee mit einem Musiker und gegen Abend eine Verabredung in einem Biergarten. Der Abend sollte nach 22 Uhr tanzend in meiner Lieblingsdisco ausklingen. Schon die Planung zeigte, dass ich es zu keiner Zeit auf nähere Tuchfühlung mit einem der Herren anlegte. Ich hatte sie allesamt durch ein recht seriöses Dating-Portal nach meiner Optimierung strebenden durchdachten Schritt-für-Schritt-Methode ausgegraben.

Ganz vielversprechende Exemplare hatte ich für diesen sonnigen Tag ausgewählt.

Der Morgenbrunch war schnell mit einem Haken meinerseits versehen, da der Typ zwar echt freundlich war, jedoch den eklatanten Fehler begangen hatte, mich nicht vorgewarnt zu haben: Eine Narbe, vermutlich verursacht durch eine frühere Hasenscharte, stellt für mich grundsätzlich zwar kein Problem dar. Aber durch das Nichtthematisieren war es für mich damals ein „Verheimlichen". Beim ersten Blick in sein Gesicht war ich erschrocken, denn sein

Foto im Netz hatte ihn nur von der unversehrten Seite gezeigt. Jeder weitere Blick während des Frühstücks verbesserte die Situation nicht und ich wollte keinen Mann wiedertreffen, der mir im Erstkontakt begegnete, als könnte er seine Wirkung auf andere nicht abschätzen. Dass er nicht ganz mit sich im Reinen war, spiegelte die insgesamt ohnehin schwergängige Unterhaltung dann auch deutlich wider.

Ich traf gegen Mittag an der verabredeten Eisdiele frühzeitig zum zweiten Treffen ein, befreite mich von einem Teil meiner Kluft und setzte mich schon mal an einen freien Tisch. In flottem Tempo kam ein Coupé angesaust, ein Lagerfeld-Zopfträger stieg aus und gesellte sich zu mir: selbstsicheres Auftreten, lässig, etwas Bauchansatz, Poloshirt mit kleinem Krokodil tragend. Im Gespräch erwies er sich als komplexfrei und authentisch. Er ließ keinen Zweifel daran, dass er beruflich tatsächlich renommierte Bands in Übersee unterstützte. Er entsprach äußerlich nicht ganz meinen Erwartungen, war mir aber im Dialog in punkto Humor und Schlagfertigkeit absolut gewachsen. Das Treffen begann mir Spaß zu machen.

Auf die Frage, ob mir die Bilder in seinem Profil des Dating-Portals gefallen hätten, die ja sein Filter seien, konnte ich zunächst nicht viel entgegen. Ich habe noch nie in eine Partnerbörse Geld investiert und immer nur die Gratisfunktionen derselbigen genutzt. Das heißt, ich konnte mir in diesem Fall nur das vorderste Profilbild ansehen. Mich störte bei der kostenlosen Variante eher, dass ich je Nachricht nur 128 Zeichen nutzen durfte, was für eine sprachgewandte Trulla wie mich bereits ein enger Käfig ist, in dem sie sich bewegen darf. Ich entgegnete wahrheitsgetreu, dass ich ihn neben einem Segelboot stehend ganz nett aussehend fand.

„Wie? Du konntest das Bild nicht sehen, auf dem ich neben Günter Grass bei der Verleihung des Pulitzer-Preises stand? Das ist mein Hauptfilter beim Auswählen meiner Dates, da nur intellektuelle Frauen darauf anspringen", klärte mich mein Gegenüber irritiert auf. Oh ha, das war also wirklich ein toller Hecht, den ich da aus dem Netz gezogen hatte. Jemand, der wohl seine eigene Schritt-für-Schritt-Methode hatte.

Die Unterhaltung mit mir schien ihm dennoch zu gefallen. Als er meine Lebenshintergründe durchleuchtet hatte, war er nahezu entsetzt: „Du bist Lehrerin? Du hast ein paar Tage frei? – Warum hast Du das denn nicht früher gesagt? Dann wären wir runter zu meinem Ferienhaus am Chiemsee gefahren. Da springen immer einige Leute auf der Terrasse rum und wir hätten uns viel besser kennen lernen können! Frei nach dem Motto: Alles kann, nichts muss."

Nachdem ich diesen Allgemeinplatz gehört hatte, der mir in meiner Internetzeit schon zu oft begegnet war, ebenso wie das vielge-brauchte Carpe Diem oder der Spruch mit dem Lächeln und dem verlorenen Tag, wog ich die Situation recht schnell ab: Auf der einen Seite den schicken Zweisitzer, den Seeblick mit Sonnenunter-gang und die Option eines Kurzurlaubs. Auf der anderen Seite ein Typ, den ich nicht kannte und der meinem äußeren Jagdschema nur entfernt nahekam. Hm, vielleicht wäre es einen Versuch und eine Erfahrung wert gewesen, aber war ich käuflich? Nein, nicht wirklich. Die Menschenkenntnis sagte mir, dass der Mann es ehrlich meinte und mich nicht nach einer möglichen Straftat im Gewässer versenken würde, so aber bedankte ich mich für das biologisch ökologische Eis und brauste auf meiner 600er davon.

Die Strecke führte mich zu einem Biker-Treff mit Biergarten. Hier fiel ich in meinem Outfit nicht weiter auf, sah man mal von dem Umstand ab, dass ich zur unterrepräsentierten Gruppe der Selbstfahrerinnen zählte. Hübsche, zierliche Blondinen in figurbe-tonten Lederoutfits gab es selten, doch waren diese zumeist nur schmückendes Beiwerk der Herren. Der Redeanteil einer Sozia war in der Regel verschwindend gering in einer Gruppe von „Knie-schleifern". Emanzipierter kommen die etwas rustikal angehauchten

Frauen der Shopper-Fahrer daher, die mittlerweile teilweise Vereinskutten tragen dürfen und sich gut in den kumpelhaften Reigen einfügen.

Gelegentlich finden sich auch reine Frauengruppen an diesen Orten ein. Ich vergleiche diese in Ton und Bild gern mit einem Rudel Amazonen oder einer Gruppe von Schildmaids der Wikinger, da eine herkömmliche Rollenverteilung meistens ebenfalls ein Alpha-Tier hervorgebracht hat. Die Anführerin ist leicht bei der ersten Begegnung an ihren Äußerungen zu erkennen und signalisiert oft unbewusst durch ihren Haarschnitt oder eine Hand-Leder-Manschette, wie schnittig und vielkuppelnd sie die Gruppe anführt. Ich hege den Verdacht, dass die oft kräftig gebauten Mitglieder dieser Rudel mehr Zeit in gastromischen Locations verbringen als auf der Straße.

Egal in welcher Region ich mich befand: An Biker-Hot-Spots wurde ich oft beäugt, jedoch genauso selten angesprochen wie in Kneipen oder einer Disco. Nur wenn die Initiative von meiner Seite ausging, konnte ich Gespräche führen. Diese fädelte ich geschickt über eine Bemerkung zur jeweiligen Maschine des Besitzers ein, um zu testen, ob es sich um einen Erklär-Bären, einen Narziss oder den Jungen vom Land handelte. Ein kleines Bauchpinseln in Form von: „Die strahlt ja wie neu!" „Ich wünschte, mein Moped wäre so gepflegt" bis „Welche Erfahrungen hast Du mit dem Koffersystem gemacht?" reichten aus, um Aufmerksamkeit zu bekommen – mein Aussehen oder meine Person allein hatten leider nie diese Wirkung.

Über die Jahre musste ich ernüchternd als auch realistisch feststellen, dass es trotz der gemeinsamen Vorliebe zum motorisierten Zweirad nicht den richtigen Partner für mich gab. Biker sind häufig Raucher, Bartträger, nicht gut gepflegt und entweder eingefleischte Helden des Asphalts in Kutte, Jeans und Leder oder modern angehaucht im Ganzkörperkondom als verkappte Rennfahrer zu entlarven. Oftmals sind sie sehr von sich eingenommen und für meinen Geschmack körperlich entweder etwas zu klein und zierlich oder zu kräftig und weich gebaut. Auf Anhieb habe ich dort noch nie einen ästhetischen, pfiffigen Typ mit der Fähigkeit sich in Mehr-Wort-Sätzen auszudrücken getroffen, der mit beiden Beinen und seiner Psyche fest auf dem Boden stand.

Deshalb hatte ich mir heute extra ein Exemplar herbestellt, welches im Netz meinen kryptischen Text entschlüsselt hatte, der meine Hobbies und Vorlieben anhand von Abkürzungen beschrieb. Ich war mega überrascht, dass jemand wusste, was sich hinter RHCP, HM oder Cross-over verbarg. Er konnte sowohl um die Ecke denken als auch seine Meinung in ebenbürtige Worte packen und mir entsprechend antworten. Ich musste einfach wissen, was für ein Mensch sich dahinter verbarg.

Es handelte sich um einen sympathischen großen Mann, der tauchen sowie Motorrad fahren konnte und bei einem Hilfswerk beschäftigt war. Er langweilte mich im Gespräch kein Stück und teilte meine Art von Humor, so dass wir viele Themen anschnitten. Nebenbei verdrückten wir eine Manta-Platte mit Genuss, der mir auch nicht verging, als er mir von unheimlichen Tauchgängen und dem Bergen von Leichen in örtlichen Seen erzählte.

Besonders gut gefielen mir seine fröhliche Art und seine Erzählweise, wenn er davon berichtete, wie sich Frauen im Netz ihm gegenüber verhalten hatten. Seine Beobachtungen und Schlussfolgerungen amüsierten mich und so verging die Zeit wie im Flug. Bei meinen bisherigen Dates hatte ich oftmals das Gefühl, auf einer kommunikativen Einbahnstraße unterwegs zu sein. Dieses Gespräch war hingegen wundervoll ausgewogen. Obwohl wir uns ausgesprochen gut verstanden, zog uns darüber hinaus nichts so stark zum anderen hin, dass wir ein weiteres Treffen verabredeten.

Schade! Doch war es ein harmonischer Abschluss eines gelungenen Feiertages in meinem Leben als Single.

Das Schützenfest

Schon in den ersten Single-Jahren hatte ich erkannt, dass es nicht sinnvoll war, Dates mit Männern meines Wohnorts zu vereinbaren. Ich sah mich im Internet lieber in einem erweiterten Radius um, da ich erkannt hatte, dass meine anfängliche Euphorie für einen Mann oft nach wenigen Wochen erlosch und ich nach-und-nach in ein Try-and-Error-Muster rutschte. Da war es nicht sinnvoll, Beziehungs-Experimente in der näheren Umgebung zu starten, die mir einen schlechten Ruf einbringen konnten. Zudem war ich mir sicher, dass kein Kleinstädter oder Dörfler zu mir passen würde, hatten sie es doch bisher allesamt verpasst, mich jemals in der Kneipe oder auf Festen anzusprechen... wo ich doch soooo allein und lokal anwesend gewesen war.

In diesem Jahr fand mal wieder das von vielen heißbegehrte Schützenfest statt, von mir als die „Krone verknöcherter Strukturen und Spießigkeit" eingeordnet. Nichtsdestotrotz hatte ich in der Vergangenheit ab und an am Straßenrand gestanden und sowohl leichte Abscheu als auch einen Anflug von Neid in mir wahrgenommen, wenn ich der großen Polonäse zuschaute, die durch die Gassen unserer mittelalterlichen Stadt bis zum Festzelt zog. Abscheu auf Grund der zur Schaustellung von Männlichkeit in Uniform mit Gamsbart und Gewehr – Patriarchat hoch zehn! - Neid auf die hübschen Kleider der Damen und die eine oder andere wirkliche Schönheit darunter, die artig eine Rose in ihren behandschuhten Händen hielt.

Da die Partnerin meines Bruders, der üblicher Weise am Umzug teilnahm, partout nicht als „Dame" mitgehen wollte, stellte ich mich aufopfernd zur Verfügung, an seiner Hand mitzulaufen. Ich freute mich darauf, meine liebste Gothic-Robe, ein blutrotes Kleid im viktorianischen Stil, unter all den Menschen spazieren zu tragen. Bereits bei der Aufstellung der Parade bemerkte ich, dass Blicke auf mir ruhten und einige Umstehende ihre Köpfe zusammensteckten. Meine Person konnte offensichtlich nicht eingeordnet werden.

Ich fing den Blick einer sehr alten Dame auf, die meine Turnlehrerin in der Kleinkindzeit gewesen war. In ihren Augen blitzte Erkennen auf, so dass ich schnell den Zeigefinger auf die Lippen legte, worauf sie verschmitzt wissend ein Auge zukniff. Schon ging es los.

Ich genoss die Parade durch die Stadt und erfreute mich an den Wortfetzen, die ich dabei aufschnappte. Da orakelten die Zuschauer doch tatsächlich, ob ich die neue Freundin des örtlichen Geschäftsmanns sein könnte und er sich von seiner Partnerin getrennt habe! Nun ja, als familiäres Gespann waren wir tatsächlich nicht oft unterwegs gewesen.

Das innerlich breite Grinsen verließ mich, als wir am Ziel des Umzugs am Festgelände ankamen. Die Teilnehmenden verstreuten sich in Richtung der Bierquellen und ich hatte - wie schon immer - Probleme, mich dem Verhalten des Volkes anzupassen.

Zunehmend oberflächliches Gesülze, eine erhöhte Rundenschlagzahl, anzügliche Zoten aus roten Gesichtern, ohrenbetäubendes Gegröle zur begleitenden Blas- und Schlagermusik, gutgemeinte Schenkelklopfer und Erklär-Bären-Gerede... das alles bei steigendem Alkoholkonsum und -pegel der mich Umgebenden minderte den Unterhaltenswert für mich enorm. Die hitzigen Temperamente und die schwüle Atmosphäre im Zelt ließen nach kurzer Zeit erste Feiernde auf die Tische steigen, die hierdurch heftig zu wackeln begannen. Die Angst vor verschüttetem Bier auf meinem Paillettenkleid verwandelte sich in den Wunsch, alsbald das Weite zu suchen und mich der Corsage zu entledigen. Am traditionellen Brauch des „Portomonaichen waschens", bei dem die Damen der Schützen in der Nacht in ihren Festroben in einen Stadtbrunnen stiegen, war ich ohnehin nicht interessiert.

Nach dem Umziehen bekam ich jedoch Hunger und wurde unruhig, so dass ich zum Ort des Geschehens in Jeans und T-Shirt zurück schlich. Eine Pommes und drei Alster später fand ich mich in einer anregenden Debatte mit einem Gamsbart am Bierpilz wieder, der nicht gar so gruselig daherkam wie viele andere. Das mag vor allem daran gelegen haben, dass er meinem favorisierten Jagdschema entsprach. Jedenfalls verabredete ich mich mutig mit dem gut gebauten Blondschopf zu späterer Stunde.

Leider hatte ich nicht bedacht, dass der Knabe nicht mehr ganz nüchtern war – sonst hätte er mich wahrscheinlich gar nicht erst angesprochen – und bis zum Treffen noch weitere Zeit mit dem Auffüllen seines Flüssigkeitshaushalt verbringen würde.

Jedenfalls hatte das Mannsbild schon etwas Schlagseite, als es in meiner Küche ankam und wiederholt versuchte, das Gewehr an der Arbeitsfläche abzustellen. Nun ja, geredet hatten wir ja bereits ausreichend, so dass sein schwerer Zungenschlag nur bedingt meine weitere Aktionsplanung beeinträchtigte. Ich lotste den Mann in mein Schlafzimmer und wir begaben uns in die Waagerechte, um sein Stehvermögen nicht unnötig herauszufordern, sondern nunmehr anderweitig sein Standvermögen zu testen.

Ich war positiv überrascht, dass seine Potenz nicht unter dem Alkoholkonsum gelitten hatte und das Liebesspiel zunächst einen für mich durchaus angenehmen Verlauf nahm. Plötzlich stand seine Frage im Raum: „Möchtest Du Dich auf mein Gesicht setzen?", so dass mir die Züge meines Gesichts entglitten. Ähhhh? Mein sexueller Horizont umfasste damals kaum Wissen, was über einen ehelichen Blümchen-Sex hinaus ging.

Über intensiven Oralsex, Fußfetischisten oder viele andere Praktiken und Hintergründe der Erotik wusste ich kaum Bescheid. Das war mit ein Grund, warum ich die mir häufig gestellte Frage nach sexuellen Vorlieben mehr schlecht als recht beantworten konnte. Einen ganz kleinen Moment war ich überfordert, doch dann war ich mir sicher: Das hier wollte ich jedenfalls nicht jetzt ausprobieren, es hätte ja auch eine abnorme Phantasie eines Betrunkenen sein können.

Meine Antwort war ein klares „Nein", womit die Sache zum Glück erledigt war. Wir brachten das Ganze recht ordentlich im Rahmen gemeinsamer Befriedigung zu Ende und ich verabschiedete einen sehr derangiert aussehenden Waidmann mit schiefsitzendem Hemdskragen und Sepplhut in den anbrechenden Morgen.

Ich halte ihm zugute, dass er sich an die Diskretionsverabredung gehalten hat, seinen Lebensweg anständig weiter gegangen ist und mir auch heute noch ungezwungen im Alltag begegnet ohne Anspielungen auf das gemeinsame Abenteuer oder frivole Andeutungen zu machen.

Prädikat: Edel und gut. Vielleicht hatte er aber auch lediglich einen Filmriss mit Detailmangel und konnte sich an nichts mehr erinnern.

Z3 oder in der Waagerechten ist die Größe egal

Ließ ich mich später selten auf sogenannte „Kompromiss-Dates" ein, so war ich in den ersten Jahren als Single durchaus noch empfänglich für Treffen, bei denen ich bereits im Vorfeld ahnte, dass es hier keine ausgedehnte Zukunft mit dem Gegenüber geben würde. Vielleicht war ich zu neugierig, einfach zu nett, wollte die Gefühle anderer nicht verletzen oder auch insgesamt zu unerfahren und naiv.

In späteren Jahren verschwendete ich hingegen keine Zeit und erteilte deutliche Absagen, auch wenn sich das Gegenüber für noch so begehrenswert hielt. Ich habe noch gut in Erinnerung, wie ein rauchender Pilot von sechzig Jahren meinte, ich könnte bei seiner Zwischenlandung am Flughafen Paderborn mit ihm einen Kaffee trinken, damit ich sehen könnte, wie jung er sich fühle. Ich kannte diese Sorte „Silberrücken". Ein Begriff, den ich aus der Welt der Tiere für diese Gattung Mann übernommen hatte. Es handelt sich dabei um ältere Männer, die glauben, eine Menge erreicht zu haben, die wissen, was sie wollen – in jeglicher Hinsicht - und insbesondere Frauen gern zeigen, wo es lang geht. Mit Zurecht-weisungen, Kritik oder Absagen könne sie aufgrund ihres Egos einhergehend mit mangelnder Selbstreflexion nur bedingt umgehen. Sie werden teilweise richtig garstig, wenn jemand Widerworte gibt oder gar Kritik äußert. Mann, Mann, dieser Pilot war jedenfalls sauer auf mich und hatte im Telefongespräch keinerlei Verständnis für die Argumente Entfernung und nicht zutreffendes Jagdschema.

Wenn ich jedoch Ferien oder anderweitig unverplante Zeit hat-te, wollte ich diese nicht allein zu Haus verbringen und untätig verstreichen lassen. Männer können tatsächlich auch ein spaßiger Zeitvertreib sein, auch wenn sie nicht Mr. Right sind. Und wenn sich dann ein Treffen noch logistisch günstig am Wegesrand „ein-bauen" lässt, umso besser! So auch an diesem eher ereignislosen

Sonntagnachmittag, an dem ich mich mit einem 1,65 m kleinen Mann in einem benachbarten Bundesland traf. Ich sollte mein Auto neben seinem Z3 auf einem Parkplatz vor einem Wohnblock parken.

Tja, vielleicht wollte ich auch mal überprüfen, ob die Klischees, die über Fahrer dieses und ähnlicher Automodelle erzählt werden, Wahrheitsgehalt in sich tragen. Kompensation der Körper- oder Penisgröße?

Als ich die Treppe zum dritten Stock hinaufgestiegen war und dem Mann Angesicht zu Angesicht gegenüberstand, spürte ich es deutlich: mangelnde Augenhöhe. Mit 1,76 m gehöre ich zu den etwas größeren Frauen und mit kleinen Absätzen am bevorzugten Schuhwerk komme ich locker auf 1,80 m. Ich überragte den immerhin sehr männlich anmutenden, gut riechenden und gepflegten Typ vor mir deutlich.

Im Verbalen, Kommunikativen und im Leben war die Augenhöhe jedoch durchaus gegeben, wie sich im Verlauf des Spätnachmittags und Abends herausstellen sollte.

Die Wohnung war angenehm sparsam möbiliert und mit einem größeren Ledersofa modern eingerichtet, dominiert von einem PC-Bildschirm, der eine sehr gute Bildqualität hergab, wovon ich mich im Rahmen der Unterhaltung überzeugen konnte, denn er zeigte mir die Fotos seiner ehemaligen und langjährigen Partnerin, die ein mega Hingucker war, Marke „Pin-up-Girl" für Motorradfan-Kalender. Bevor ich länger darüber nachdenken konnte, ob er mir hier einen vom Storch erzählte oder ich echte Komplexe bekommen sollte, berichtete er jedoch auch von seinen letzten Beziehungsversuchen und wir tauschten lustige Anekdoten mit einer gesunden Prise Selbstironie aus. Im Gespräch gab ein Wort das andere und beide gaben wir unsere Schwächen zu. Er lachte über sich selbst und zeigte, dass bei ihm ein sympathischer Funke Selbstkritik vorhanden war.

So schämte er sich beispielsweise, dass er eine Freundschaft plus zu einer Frau unterhielt, mit der er sich nie in Kneipen blicken lasse. Die Frau sei total nett, habe aber das Manko, einen äußerst breiten Hintern zu haben. Er bringe es einfach nicht über sich, sich mit ihr in der Öffentlichkeit zu zeigen. Er könne sich selbst nicht verstehen und wisse, dass das kein feiner Wesenszug sei, die Ästhetik so hoch zu hängen.

Während wir uns im Sitzen kennen lernten, die eine oder andere Offenbarung austauschten und ich das anziehende Äußere des Typs auf mich wirken ließ, kam in mir der Gedanke auf: In der Waagerechten spielt die Körpergröße eines Mannes eine untergeordnete Rolle. Ich Single, er Single, Zeitfenster und hygienische Bedingungen sind gegeben. Warum also nicht.

Im Nachhinein musste ich feststellen, dass in diesem Fall das Auto lediglich den Ausgleich für seine Gesamtkörpergröße darstellte. Weitere Klischees ließen sich ganz und gar nicht bestätigen – wobei, seine Nase hatte ich mir nicht so genau angesehen.

Wir bestellten noch eine Pizza beim Bringdienst und ließen den Abend bei einem großen Glas Wasser für den Flüssigkeitsausgleich ausklingen. Ich sauste über die A44 heim und wir sahen und sprachen uns im beiderseitigen Einvernehmen nie wieder.

Der Schamane

Neben verschiedenen Dates, die oft nur einen Abend überdauerten und in den meisten Fällen ein Kaffeetrinken oder einen Kneipenbesuch umfassten, schaffte ich pro Jahr etwa zwei bis drei ernsthafte Beziehungsversuche. In der Regel überschritten diese die drei-Monats-Grenze nicht, aber ab und zu gelang es einem Mann, mich länger an sich zu binden.

Wahrscheinlich geschah das immer dann, wenn ich mir meiner Gefühle noch nicht sicher war oder er tatsächlich aus dem einen oder anderen Grund eine weitere Chance verdient hatte. Was konnte ich denn auch dafür, dass mir meine rosarote Brille oft so schnell von der Nase rutschte? Die Ecken, Kanten, Ösen und Haken zeigten sich trotz aller meiner diagnostischen Fähigkeiten nie klar im Vorfeld, sondern immer erst, wenn ich mich schon viel zu lang mit jemandem beschäftigt hatte.

Ich konnte meist nicht nachvollziehen, warum dann der jeweilige Mann den Bezi-Versuch nicht ebenso als gescheitert sah. Der musste doch auch gemerkt haben, dass ich die absolut Falsche für ihn war! Ich fand es anstrengend, dass in 90 Prozent aller Fälle ich es war, die die Reißleine ziehen musste. Viele der Männer wären gern noch länger mit mir zusammengeblieben. Klar, einerseits ein Kompliment an mich, andererseits strebten sie offensichtlich weniger optimale Zustände an oder schätzten das Ganze nach für mich nicht verständlichen Maßstäben ein, was mich zusätzlich abstieß.

Mit dem „Schamanen" hielt ich es immerhin fast ein halbes Jahr aus. Er unterschied sich extrem vom 0-8-15 Mann. Im Klartext bedeutete dies: Mit ihm wurde es nie langweilig und er verstand es, mich zu unterhalten. Er lamentierte zwar oft stundenlang über die Dummheit und Bösartigkeit der Welt und verkündete, dass er selbst kein Interesse an irgendwem habe – außer an mir und seinen

Eltern natürlich – doch hörte ich keine Alarmglocke Richtung Borderline oder Stalker schrillen.

Zum ersten Treffen erschien der Mann unrasiert mit einem Oldtimer („-wider-Willen", wie sich später herausstellte). Er entfaltete bereits am ersten Abend in der Ortskneipe eine mystische Aura, so dass ich mich auf ihn einließ. Als Fahrer einer Ducati-Monster kam er mit seinen persönlichen Eckmaßen von 1,89 m und schlanken 69 Kilo cool daher und dass er Didgeridoos spielen und bauen konnte, machte ihn nicht uninteressant. Später erfuhr ich, dass er das Holz dafür bei Vollmond in bestimmten Monaten schlug, seltsame Tinkturen aus Pilzen und anderem Gestrüpp herstellte oder dieses auch in einer Pfeife rauchend konsumierte. Er hatte esoterische Anwandlungen, die schon recht spooky waren und arbeitete nur so viel, dass das Geld zum Leben ausreichte.

Ich fragte mich später, wie ich es mit einem Raucher ausgehalten hatte. Oft verbrachten wir das Wochenende in seinem vernebelten zwölf Quadratmeter-Zimmer im winzigen Haus seiner Eltern. Es gab keine Duschgelegenheit und Warmwasser nur, wenn man irgendwas rechtzeitig im Keller anfeuerte... ich vertagte die Körperhygiene auf mein Zuhause.

Als ich eine Freundin fragte: „Welcher Teufel hat mich da wohl geritten, mit einem solchen Schamanen zusammen zu sein?", antwortete diese: „Wahrscheinlich genau das." Ja, das war der absolute Pluspunkt an diesem Teilzeitrentner, der vor Jahren sogar schon mal einen Schlaganfall erlitten hatte – wer weiß, was er da geraucht hatte... - aber er war wirklich ein begnadeter Lover! Sein Gerede über unsere gute Harmonie in der Kiste und über die multiplen Orgasmen, die ich seiner Ansicht nach in der Lage zu bekommen sein müsste, spornten ihn zu intensiven Höchstleistungen im Schlafzimmer an, die mir damals zeigten, was Frau alles so empfinden kann.

Anhand unserer Geburtsdaten ließ er einzelne und ein gemeinsames Horoskop erstellen und ich dachte tatsächlich, er hätte meine Tagebücher gefunden und der Astrologin zur Verfügung gestellt, so treffend fielen die ausführlichen Aussagen in dem mehrseitigen Papier zu meinem Wesen aus.

Jip, und im zweiten Teil, da stand schwarz auf weiß, welche impulsive Mischung wir abgaben: Er Jungfrau, ich Skorpion. Dort stand jedoch auch, dass diese nicht lange Bestand haben sollte. Das steigerte wohl sein Bedürfnis, mich an ihn zu binden - zeitlich, emotional und überhaupt. Jede Verabschiedung zog sich elend in die Länge und wenn ich dann endlich fortkam, war sie mir viel zu lang, ihm zu kurz.

Ja, wo Licht ist, gibt es offensichtlich auch Schatten und diese wurden immer länger.

Er beklagte sich immer häufiger, ich würde mich nicht genug auf ihn einlassen. Die Diskussionen, bei denen ihm eher die Worte als die Argumente ausgingen, endeten immer öfter im Lauterwerden seinerseits. Der Gipfel war für mich erreicht, als ich von ihm übelst angegangen wurde, weil ich morgens kurz aufstehen wollte, um die Butter fürs Frühstück rauszustellen. Er regte sich derart auf, dass mich das Gefühl beschlich, er könnte mich auch körperlich angreifen.

Typisch war, dass er sich nach einem Streit in sein Auto vor der Haustür zurückzog, um dort parkend irgendwas zu rauchen. Anschließend kam er dann um einiges gechillter und ausgeglichener daher, was zumindest kurzzeitig die Stimmung aufhellte.

Hinzu kam, dass er in keiner Weise in der Lage war, Freunde von mir zu treffen oder sich in eine Feierlichkeit zu integrieren. Alle waren ihm zu eingebildet, eitel oder altklug. Umgekehrt fühlte ich mich in der Küche sitzend bei seinen kettenrauchenden Bekannten auch nicht wohl. Sie spiegelten für mich eine vergilbte, nicht mehr zeitgemäße Hausbesetzerszene wider und erzogen ihre Kinder aus meiner Sicht in einer pädagogisch wenig förderlichen Art.

An den Wochenenden erwartete der Schamane meine uneingeschränkte Präsenz. „Du bist doch Lehrerin, warum arbeitest Du denn da am Wochenende?" Er meinte, die Zweisamkeit sei unter der Woche so stark begrenzt, dass er von Freitag- bis Sonntagabend einen totalitären Anspruch auf mich habe, damit sich der Weg auch lohne.

Mir war klar, dass ich diese Beziehung bald beenden sollte. Die Predigten seiner kruden Ideen und seine Verachtung für alle Spießer, die sich im Hamsterrad der Gesellschaft bewegten, provozierten mich zum Contra-Geben und die negativen Seiten dieser merkwürdigen Symbiose überwogen immer mehr die positiven.

Nach einem räumlich wie zeitlichen Abstand, den ich durch einen Kurzurlaub über Silvester mit meiner Freundin in Spanien herstellte und der mir durch einen seiner monologisierenden Telefonanrufe glatte 100 Euro Miese einbrachte, zog ich in einem öffentlichen Restaurant den Schlussstrich, wohl wissend, dass dieses in den eigenen vier Wänden ein gewisses Risiko bedeutet hätte.

Interessant an dieser Geschichte war, dass die Chemie trotz aller Gegensätze zwischen uns gestimmt hatte. Als ich den Schamanen mal fragte, warum er ungeduscht und mit Gesichtsbehaarung beim ersten Date mit einer Frau auftaucht, entgegnete er: „Ich mache das bewusst, denn wenn eine mitgeht, fährt sie nicht nur kurzzeitig auf meinen Körper ab." Er wünsche sich eine Frau, die ihn auch in ungepflegten Zustand nehme, dann wisse er, dass sie ihn wirklich mögen könnte.

Komischerweise habe ich ihn immer gut riechen können. Wirklich unangenehm wurden seine Machtansprüche auf meine Person und meine Zeit. Und gemeinsames Motorrad fahren... pfff, keine einzige Strecke. Als „Sissi" ohne jegliches Körperfett benötigte er bei jeder Tour mehrere Schichten an Anziehsachen und entpuppte sich als pingeliger Schönwetterfahrer. Gemeinsame Hobbies – außer dem einen - ließen sich nicht ausmachen. Das muss grundsätzlich nicht langweilig werden, doch breitete sich bei etwa 50 Stunden-am-Stück mit dem Schamanen eine merkwürdige Langeweile in meinem Inneren aus, die nach und nach die Gewissheit hervorbrachte, Zeit zu verschwenden. Zeit, die ich für mein übriges Leben außerhalb von Partnerschaft benötigte.

Intermezzo I

Nachdem die ersten Beziehungsversuche und Bemühungen scheiterten, überkam mich als verkopfter Mensch das dringende Bedürfnis, den Ursachen hierfür auf den Grund zu gehen. Ich wollte mögliche von mir begangene Fehler bei der Partnersuche erkennen und zukünftig vermeiden.

Zunächst verschaffte ich mir einen Überblick über bisherigen Aktivitäten und deren Ergebnisse, in dem ich eine Tabelle anfertigte. Diese führte in „Eckdaten" zusammen, was ich bis dato so getrieben hatte. Mir fiel auf, dass sich doch ein gewisses Muster abzeichnete: Auf einen ernsthaften Versuch meinerseits folgten immer ein bis zwei Kurzkontakte, bevor ich mich wieder länger mit einem männlichen Wesen auseinandersetzte.

Ich grübelte kurz, ob ich statt dieser Auflistung auch einfach Kerben in meine Bettkante hätte ritzen können à la „Guter Typ" = langer Strich und „Weniger geeigneter Lover" = kurzer Strich. Dabei wären differenzierende Qualitätsmerkmale auf der Strecke geblieben. In meiner ausführlichen Auflistung notierte ich zum Teil delikate Details, die mir in der Zukunft helfen würden, mich später an den einen oder anderen genauer zu erinnern.

So erfasste ich beispielsweise einen One-Night-Stand in der Eifel auf einer meiner Single-Motorradtouren. Dabei wurde ich spontan ohne Vorwarnung mit der Stellung 69 konfrontiert, zu der ich erst im Nachhinein weitere Gedanken entwickelte. Außerdem war das Eroberungsschema des Mannes simpel wie wirkungsvoll gewesen, was mich im Nachhinein noch Staunen ließ. In meiner Naivität war ich mir in der Situation selbst dessen nicht bewusst gewesen.

Nicht in die Liste gelangten einmalige Dates ohne Fortsetzung. Ebenso hielt ich es mit Männern, die ich mehrfach getroffen hatte, um sie kennen zu lernen, bei denen es aber nie zum Körperkontakt gekommen war.

Zu diesen gehörte Stefan, den ich wegen seiner Körpergröße ausgewählt hatte. Ich wollte schon immer mal einen Mann treffen, der mehr als zwei Meter maß, um auszutesten, ob mich das Aufschauen zu ihm irgendwie positiv triggern könnte. In meiner Vorstellung fühlte sich allein das Stehen neben einem schlanken, großen Typ super an. Optisch könnte ich neben ihm klein und zierlich wirken – so der Plan.

Das Treffen in einer Kneipe brachte noch nicht den gewünschten Effekt, da wir uns brav gegenübersaßen. Zu meinem Bedauern handelte es sich bei Stefan um einen stark christlich angehauchten Mann. Beim Beantworten der Gretchen-Frage eierte ich furchtbar herum, denn ich wollte ihn nicht gleich vergraulen. Ich konnte ihm meiner Ansicht nach in dieser Phase noch nicht sagen, dass ich schon lang bekennender Atheist war und im Musikgeschmack wohl eher mit dem Teufel im Bunde stand.

Beim Gang zum Auto war es schon dunkel, so dass ich mir kein Urteil erlauben wollte. Wir verabredeten uns erneut für die kommende Woche und ich achtete darauf, dass es sich dabei um ein Tageslicht-Date mit längerem Fußweg handelte. So konnte ich klarer sehen, was mir auch zuvor schon hätte auffallen können: Es passte nicht. Weder die Themen, noch die Ansichten, noch die Chemie. Die Unterhaltung war aus meiner Sicht langweilig. Als ich dann noch beim Stehenbleiben frontal in zwei behaarte Nasenlöcher blickte, war der Drops gelutscht. Nichts reizte mich, Stefan näher kennenzulernen. Ich schlug seine wohlgemeinte Einladung zu einer Gruppenandacht ebenso aus wie die zu einer gemeinsamen Kochaktion, die ohnehin ayurvedisch ausgefallen wäre.

In die gleiche Kategorie fiel das Kennenlernen eines Bankangestellten, der mich lehrte, nicht allein nach dem äußeren Erscheinungsbild zu urteilen. Lars war sehr nett, gepflegt, schlank und trug ein gutsitzendes Hemd. Er war großer Fan der Musikgruppe Rammstein, besuchte regelmäßig in entsprechendem Outfit die bombastischen Konzerte der Gruppe und war nahezu ganzkörpertätowiert – exakt bis zum Hemdkragen und den Manschettenärmeln. Die erste Unterhaltung mit ihm während eines Spaziergangs um einen See plätscherte zwar etwas schleppend dahin, doch hatte ich vor, einen zweiten Blick auf ihn zu werfen.

Die neue Verabredung mit ihm fiel dummer Weise in die Zeit, in der ich einen Tag zuvor den Schamanen kennen gelernt hatte, den der Leser bereits kennt und der sich ungeahnt spontan in meinen engeren Fokus geschoben hatte. Das Date mit Lars konnte ich zeitlich jedoch unmöglich noch canc***. Ich bat meine Freundin, die aktuell ebenfalls Single war, das Date in der Ortskneipe für mich zu übernehmen.

Ich traf Lars zur Begrüßung, setzte mich mit ihm an einen Tisch und erklärte ihm, dass mein Babysitter für den Abend kurzfristig erkrankt sei und ich leider nur eine halbe Stunde Zeit hätte. Er war einverstanden, dass ich das Staffelholz - also ihn - an meine Freundin übergab. So hatte er die Gelegenheit, eine weitere interessante Frau kennen zu lernen und hatte die längere Anfahrt nicht umsonst auf sich genommen. In Folge wurde aus den beiden zwar kein Paar, doch verbrachten sie einen netten Kneipenabend miteinander.

Ein Mal verstieß ich gegen meinen Grundsatz, nichts mit Männern anzufangen, die sich in meinem Umfeld bewegten. Aus einer Laune heraus habe ich mich mit einem netten Typ, der sich damals häufig in meiner Lieblingsdisco aufhielt, einige Tage später zum Essen verabredet, nur weil ich mich an einem Feiertag mit Tanzverbot dort so schrecklich gut mit ihm unterhalten hatte. Beim Plaudern in einer Pizzeria, die auf halber Strecke zwischen unseren Wohnorten lag, vergaßen wir die Zeit. Schließlich verließen wir das Lokal bei strömenden Regen, so dass wir zum Auto um die Wette liefen. Da dieses ein gutes Stück entfernt stand, waren wir durchnässt, außer Atem und hielten uns auf den letzten Metern an den Händen. Als wir auf die Sitze plumpsten, waren wir so gut drauf, dass wir scherzten und uns küssten.

Er signalisierte deutliches Interesse und gefiel mir, da er als schlanker, nichtrauchender Single attraktiv auf mich wirkte. Leider erzählte er so lebhaft vom Schäferhund seiner Vermieterin, der bei Regen wohl ganz besonders unangenehm stank, dass ich ihn in meiner Vorstellung bereits riechen konnte. Dieser bewache den Hausflur. Mein Gegenüber ereiferte sich, erging sich in immer mehr Details und deren Wiederholungen über den Maulgeruch des Tieres, das in Mitleidenschaft gezogene Treppenhaus, bis hin zu weiteren Körpergerüchen, die der Hund ausdünste. Mir wurde klar, dass ich mich niemals dorthin begeben würde – nicht heute und auch nicht später. Ich verabschiedete mich möglichst schnell und verließ das Auto, hatte ich doch Angst, dieses würde vielleicht auch noch unangenehm zu riechen beginnen. Bloß weg von dem Mann, der mir plötzlich gar nicht mehr begehrenswert erschien und bei dem ich mich nicht wieder meldete, obwohl ich dieses leichtsinnig versprochen hatte.

Es blieb nicht aus, dass er bei einem meiner nächsten Tanz-Events ebenfalls auftauchte, mich demonstrativ ignorierte und den Kopf bald mit einem Kumpel zusammensteckte. Ganz offensichtlich zog er über mich her. Es dauerte einige Zeit, bis Gras über die Sache gewachsen war. Immerhin tanze ich bis heute Gerüchte und Gerüche frei in meinem gefühlten zweiten Wohnzimmer.

Und lieber eine ungeliebte Bitch, als um die Erfahrung mit einem stinkenden Hund im Haus reicher.

Sauna-Dates brachten auch keinen Erfolg. Die Idee, „nackte Tatsachen" zu schaffen, war grundsätzlich nicht schlecht, da keine falschen Vorstellungen bezüglich der Figur des anderen entstehen konnten. Doch auch anderweitig kann man sich in dieser Location weniger hinter einer Fassade verstecken, so dass ich schnell die Leichen im Keller eines Mannes ausmachen konnte. So nahm ich bei einem Date in der Kasseler Therme deutlich den Geruch eines Alkoholikers wahr. Bei einem anderen konnte ich frühzeitig erkennen, dass ein angehender Silberrücken mir an die - gar nicht vorhandene - Wäsche wollte, da er begann, mir die Füße zu massieren und antestete, wie weit er sich mit seinen Händen dabei dem dickeren Ende der Beine nähern konnte, ohne dass ich handgreiflich wurde. Auch dieser Kandidat bekam kein Ticket für ein weiteres Treffen.

Im Willinger Lagunenbad lernte ich in der Freien Wildbahn einen mega-netten, schlanken, gutaussehenden Nichtraucher kennen – ganz ohne Singlebörse. Ich fand ihn toll! Bis mir beim sich spontan anschließenden Kneipengang auffiel, dass er fast ausschließlich von seiner Ex-Freundin erzählte. Nachdem ich wusste, was er alles unternommen hatte, um diese Frau zurückzugewinnen, die ihn belogen, betrogen, ausgenutzt und weggestoßen hatte und ihn wirklich, wirklich nicht wollte, bemitleidete ich die arme Wurst. Jegliche Attraktivität war für mich verschwunden und ich sah nur ein schwaches Individuum, dem nicht zu helfen war.

Im Arolser Arobella hatte ich ein fast gegenteiliges Erlebnis. Dort stieß ich zufällig auf einen kleinen, aber muskulös definierten Mann niederländischer Herkunft, mit dem ich mich ganz hervorragend unterhielt. Er war mit seiner Ehe nicht glücklich, konnte sich und seine Situation jedoch gut reflektieren und wir tauschten einige Ideen und Lebenserkenntnisse zum Glücklich werden und sein aus, bevor sich unsere Wege trennten.

Selten gab es auch mal Typen, die mich aktiv in der Sauna ansprachen und in ein Gespräch verwickelten. Ein wahrhaftiger Hüne, der mich an die Figur Hulk erinnerte, schrieb mir im Anschluss Verehrer-Mails und wollte mich gern wiedersehen. Zum Glück hatte er nach einiger Zeit verstanden, dass ich mit ihm keine Fete feiern wollte, obwohl er mich für eine „gute Party" hielt – seine Worte.

In der Regel war ich besonders auf die Männer neugierig, die sich im Vorfeld eines Treffens bereits im Schriftwechsel schlagfertig, humorvoll, vielseitig und ausdrucksstark gezeigt hatten. Diese fischte ich so gut wie nie aus dem Netz, weil sich dort stattdessen eher wortkarge oder nur blubbernde Karpfen befanden.

Jochen war hier eine angenehme Ausnahme. Er lebte leider ein gutes Stück entfernt im Ruhrpott. Seine Leidenschaft für Fahrgeschäfte und Vergnügungsparks teilte ich nicht mal im Ansatz, denn mir wurde bereits im simplen Kettenkarussell kotzübel, aber unser Schriftverkehr war der absolute Hammer! Wir fachsimpelten nicht nur in lockerer Art über sämtliche Themen des Lebens, Fußbodenbeläge – ja wirklich, sondern standen uns auch bei Wortspielereien in nichts nach. Schrieb ich ihm, dass ich Nahrungsmittel ablehnte, die mit einem Ro- anfangen - Rosinen, Rosenkohl und Rote Beete -, antworte er, dass es ihm mit -arg- so erging: Spargel und arg englisches Steak. Ich musste ihn einfach treffen!

Aufgrund der Entfernung kam hierfür nur ein Wochenende in Frage und in freudiger Erwartung peilte ich den Freitagabend für meine Ankunft an. Weitere Pläne machten wir nicht, da sich alles andere ergeben sollte.

Meine Enttäuschung hätte ich nicht größer sein können. Die Haustür öffnete sich und vor mir stand ein blonder, großer, kräftiger, jugendlicher Mann. Ich fühlte schlagartig einen „Großen-Bruder-Effekt", obwohl Jochen mich noch nicht mal begrüßt hatte.

Seine Wohnung war gemütlich, er war sowohl belesen als auch praktisch veranlagt und ich bestaunte eine beachtliche Plattensammlung, so dass Musik als Thema in den Mittelpunkt rückte und meine peinliche Befangenheit überspielte. Ich konnte nicht erkennen, wie es Jochen erging, aber wir einigten uns schnell auf ein Essen beim Chinesen, wo wir uns eher über belanglose Themen unterhielten.

Unerklärlicherweise kam nicht mal im Ansatz ein interessantes Gespräch zustande. Die Schreiberei mit Jochen war da ganz anders gewesen. Nun konnte ich mir beim besten Willen nicht vorstellen, eine längere Zeit mit ihm zu verbringen, da Null Anziehungskraft von ihm auf mich überstrahlte.

In meiner Verzweiflung schlug ich vor, ins Kino zu gehen. Es lief „Der Untergang", ein Film, der uns beide durchaus interessierte. Unter normalen Umständen wäre ich niemals mit einem Date ins Kino gegangen. So etwas war für mich in der Kennenlernphase verlorene Zeit. Aber nun musste ich einen Zeitfüller finden, der eine baldige Abfahrt wenigstens halbwegs höflich rechtfertigte.

In der Werbung vor dem Film wurden mit viel Pathos Krokodillederhandtaschen angepriesen. Um eine witzige Bemerkung zu machen, fragte ich scherzhaft, ob man die essen könne. Vom Nachbarsitz kam ein Trockenes: „Bestimmt, wenn man sie lang genug kocht." Schade, wirklich schade.

Eine Übernachtung bei Jochen kam für mich nicht in Frage. Da der Fensterheber meines Autos seit der Hinfahrt nicht mehr richtig funktionierte und die Scheibe einen Spalt offenstand, schob ich einen Werkstattbesuch als Grund für meine Heimfahrt vor. Der Schreibkontakt schlief nach kurzer Zeit ein.

Diese Episode zeigte mir, dass auch eine sorgfältige Vorauswahl und ausgiebiger Schreibkontakt kein Garant für eine erfolgreiche Partnerwahl darstellten.

Dennoch blieb ich bei meiner Strategie, bei den ersten Anschreiben im Netz bestimmte Sachverhalte frühzeitig aufzudecken, denen ich nicht mehr begegnen wollte. Ich verfeinerte sie sogar und hoffte, durch die richtigen Fragestellungen einen verlässlichen Filter gefunden zu haben, um top von flop zu unterscheiden.

Dabei kam es nicht allein auf den Inhalt der Antworten der Männer an, sondern auch auf ihren Humor, ihre Schlagfertigkeit und die Art, wie sie sich schriftlich äußerten.

Die folgenden „Großen 5 Fragen" gehörten bald zu meinem Standardprogramm:

Welcher Radiosender ist bei Dir eingestellt?

Wer wäscht deine Wäsche?

Was ist deine bevorzugte Marmeladensorte?

Welche CDs stehen in deinem Regal?

Wie sieht deine Futtersuche aus?

Das auch dieses Vorgehen mich nicht vor allem bewahrte, zeigen die nächsten Geschichten.

Zweiter Akt

Bestellnummern und Schwänzeltanz

Wow, ein Typ, der die Standartfragen mit Bravour total witzig beantwortet hatte, schien tatsächlich über einen gewissen Intellekt zu verfügen! Er gehörte zu dem einen Prozent von Schreibkontakten, der selbständig eine Betreff-Zeile titulieren konnte und schriftsprachlich so richtig gut drauf war. Nicht nur ganze Sätze mit korrekter Rechtschreibung sprudelten aus dieser Quelle, nein, er zeigte einen mir ähnlichen Humor. Prima!

Okay, auf dem Profilbild sah man einen etwas untersetzt wirkenden, immerhin großen Mann, mit Sonnenbrille, Stoffschal und Strickmütze, neben einem silbernen Auto stehen. Mit etwas Fantasie sah ich einen der Sänger von den „Söhnen Mannheims", der selbstbewusst einen Ellbogen auf das Autodach legte und breit lächelte. Die Band traf zwar musikalisch nicht in jeder Hinsicht meinen Geschmack, doch handelte es sich durchweg um Männer, die kreativ waren.

Nachdem die Mindestanforderungen also schon mal übertroffen wurden, wozu auch gehörte, mindestens fünf Schreibwechsel mit mir zu überstehen, telefonierten wir. Und sieh an, höre da, die Wortwechsel arteten in einen fröhlichen Schlagabtausch aus. Endlich mal kein „Würmer-aus-der-Nase-ziehen" oder nervige Artikulationsprobleme, die die Kommunikation erschwerten. Der Typ schien mir absolut gewachsen zu sein. Nur die nasale Stimmmelodie, die etwas überheblich wirkte, hätte einen Hinweis darauf geben können, was mir bevorstand.

Ich fuhr bester Laune trotz Glatteis über kurvige Straßen mit Steigung zum Treffpunkt am Schloss Wilhelmstal, um mit diesem Mann Essen zu gehen. Das von ihm ausgewählte Restaurant gehörte damals zu einer der ersten Nichtraucher-Lokalitäten und war für seine herausragende Küche bekannt.

Es herrschte bereits Dunkelheit, als ich aus meinem Kombi, der etwas in die Jahre gekommen war, ausstieg. Wir hatten im Vorfeld verabredet, dass ich meinen Wagen am Treffpunkt stehen lassen und wir mit seinem silbernen Schlitten weiterfahren würden.

Am Ziel angekommen erschrak ich zunächst vor der übergroßen Gestalt eines Mannes, der sein Auto bereits geparkt hatte und im aufziehenden Nebel zu mir herüberkam. Er begrüßte mich mit einer verschlingenden Umarmung und geleitete mich zu seinem Modell der neueste S-Klasse mit dem bekannten Stern. Er hielt mir die Tür auf und flugs befand ich mich im Inneren des Wagens auf noblen Lederpolstern. Als das Mannsbild neben mir Platz genommen hatte, fuhr mir durch den Kopf, dass jetzt zwei Knopfdrucke ausreichen würden, damit sich zuerst die Tür verriegelte und danach mein Sitz lang nach hinten kippte, so dass der Riese über mich herfallen konnte.

Fieberhaft dachte ich nach, wem ich von diesem Ausflug berichtet hatte und wer später meine Leiche aufspüren könnte. Okay, eine Freundin wusste vage Bescheid... Dennoch war ich froh, als das Auto sich tatsächlich Richtung Restaurant in Bewegung setzte und ich noch immer in aufrechter Position über die Technik im Inneren des Vehikels staunen durfte.

Auf dem Weg vom Parkplatz zum Restaurant registrierte ich, dass der Hüne neben mir ein Sakko und knallrote Turnschuhe trug – eine Hose hatte er natürlich auch an. Als wir an einem Tisch in der Nähe einer runden Glasfront Platz genommen hatten und die Speisekarten gereicht wurden, wies er mich scherzhaft darauf hin, dass ich so tun solle, als handele es sich bei den unter den Speisen stehenden Ziffern um Bestellnummern.

Holla, die Waldfee, ich staunte nicht nur über diese Preise, sondern das Angebot selbst. Ich weiß heute nicht mehr genau, was ich wählte, aber beim Dessert entschied ich mich für eine Mandelkrem an Heidelbeer-Jus oder so ähnlich. Alles schmeckte sehr gut und die Unterhaltung plätscherte dahin. Allerdings wusste ich von Beginn an, dass sich hier nichts, aber auch gar nichts entwickeln würde und das hatte mehrere Gründe.

Der Mann hatte klitzekleine Schweinsäuglein, kaum einen Hals und eine Vollglatze, was er mit den Accessoires auf dem Profilbild erfolgreich zu verschleiern gewusst hatte. Einzig die Größe von knapp zwei Metern war stimmig und ich ahnte, warum er beim Internetauftritt statt einer Gewichtsangabe lediglich „normale Figur" angegeben hat, wobei ich dieses etwas hochgegriffen fand.

Sein Werben während der Unterhaltung gespickt mit Hinweisen auf seinen offenen Kamin im Wohnzimmer, dem bereits dekantierten Wein und seinen Reichtum an sich konnte mich nicht erreichen. Er war also ein sehr erfolgreicher Geschäftsmann, der seine Produkte in alle Welt exportierte - dennoch hatten ihn Frau und Kinder verlassen.

Mich störte jedoch viel mehr, dass er es mit der Ehrlichkeit nicht so genau nahm. Es stellte sich heraus, dass er sich nicht nur leicht „verkleidet" hatte, da er sich durchaus der Tatsachte bewusst war, dass er mit seinen Augen und der nicht vorhandenen Frisur nicht eben ein Hingucker war, sondern dass er sein Alter im Netz mal eben locker um ein Jahrzehnt nach vorn gezogen hatte. Sein tatsächliches Lebensalter lag somit mehr als fünfzehn Jahre hinter meinem!

Natürlich bohrte ich nach, warum er geschwindelt hatte. „Na, ich fühle mich viel jünger und bei der realistischen Altersangabe finden mich die zu mir passenden attraktiven, jüngeren Frauen nicht. Deren Such-Parameter enden bei maximal 45 Jahren." Ich entgegnete, dass ich das nicht ganz fair fände und brachte das Beispiel, dass ich mich durchaus auch zehn Jahre jünger fühle als mein Lebensalter. So wäre der recht hohe Altersabstand wieder hergestellt. Und überhaupt, warum suche er nicht gleich selbst nach etwas viel Jüngerem? „Ich will kein junges Huhn, was auf jeder Vernissage durch seine Dummheit auffällt. Ich möchte eine vorzeigbare Frau, die bei meinen Geschäftspartnern Anklang findet, die über einen gewissen akademischen Anstrich verfügt und mit der ich mich auf Augenhöhe unterhalten kann."

Nachdem das geklärt war, verteidigte er seine Methoden nicht weiter, sondern erläuterte, dass es ihm zunächst erst ein Mal wichtig sei, überhaupt ein Treffen herbeizuführen. Im Gespräch und beim Zusammensein würde die Frau - in diesem Fall wohl ich? - schon merken, was für ein toller Kerl er sei.

Ich sprang nun immer noch nicht begeistert vom Stuhl oder fiel ihm um den Hals. Ich überlegte vielmehr, wie ich aus diesem Film rauskommen sollte. Die Stimmung kippte, da der Mann zu spüren schien, dass seine Rechnung nicht aufging. Er argumentierte nun mit Seelenverwandtschaft, Sternzeichen und geistiger Verbundenheit, driftete dann über zu einer leicht aggressiven, belehrenden Art, so dass ich mich wie ein Schulmädchen fühlte. Sowas. Das war mir noch nie passiert. Bei allen bisherigen Dates war ich immer Herrin der Lage gewesen und hatte mich sicher gefühlt.

Als er dann meinte, ich hätte zwischen den Schneidezähnen ein Stück Heidelbeere sitzen, welches ihn so ähnlich irritiere wie die Nudel von Loriot, ergriff ich zunächst die Flucht Richtung Toilette. Da ich meinem Image getreu und zugunsten der Authentizität wie immer auf Lippenstift und Make-up sowie eine nun durchaus nützliche Handtasche verzichtet hatte, schubste ich in Ermangelung von Zahnseide den lästigen Fruchtkern mit Hilfe einer langen Haarsträhne aus der Zahnspalte. Dabei dachte ich über die Wahl meiner Worte für die endgültige Absage an diesen Herrn nach.

Als ich ihm erneut gegenüber am Tisch saß, sagte ich ihm mit deutlichen Sätzen, dass er ein sehr angesehener und stattlicher Mann sei, der in der Zukunft bestimmt eine passende Partnerin finden würde. Ich dagegen sei viel zu unkonventionell und unpassend für ihn. Um dem ganzen Nachdruck zu verleihen, kündigte ich an, dass ich nun in meine Lieblingsdisco fahren wolle, wo ich mich donnerstags des Öfteren zu feiner, heftiger Rockmusik bewegen würde.

Oh Mann, da hatte ich was gesagt. Der Typ ließ sich nicht abschütteln – obwohl ich vorsorglich die Hälfte der Rechnung übernahm, da ich dem Kerl bloß nichts schuldig bleiben und auf keinen Fall eine zweite Verabredung als Revanche riskieren wollte. Er nahm zuvor dieses Angebot gern an, wollte aber trotzdem unbedingt mit in den Tanztempel und drängte sich auf, mich zu chauffieren. Offensichtlich war ich damals noch zu freundlich und nicht abgebrüht genug, um klare Grenzen zu setzen, denn nachdem ich mir am eigenen Auto flache Schuh angezogen hatte, gondelten wir nun doch zusammen um die halbe Stadt.

Ich tanzte besonders ausgiebig. Einerseits um dem Mann zu verdeutlichen, dass ich tatsächlich so war, wie ich mich beschrieben hatte, dass meine Kondition weit über seiner läge und meine Art so gar nicht zu ihm passe. Andererseits musste ich mich so nicht länger seinem Werben aussetzen. Ob aus Langeweile oder um mir zu gefallen, begab er sich auch ab und an auf die Tanzfläche und bewegte sich schrittweise, wenn auch etwas ungeübt und steif.

Doch auch das sollte ihm nicht helfen. Nach Mitternacht brachte er mich zu meinem Auto zurück, zunehmend stiller werdend und ich hoffte, dass es das jetzt gewesen sei.

49

Er parkte mit seinem schicken Mercedes mein Auto ein und stieg mit mir aus. Zum Abschied umarmte er mich fest und sog die Luft dabei tief aus meinem Halstuch. Boah, ich war froh, als ich in meinem Auto saß und zum ersten Mal im Leben drückte ich dabei so unauffällig wie möglich die Knöpfe von innen runter, um das Fahrzeug zu verriegeln. Ich atmete auf, als er sein Auto hinter meinem fortbewegte und mir die Heimfahrt ermöglichte.

Auf eisglatter Fahrbahn schlich ich nach Hause und war froh, Ferien zu haben. Das versprochene Telefonat mit dem Typ schob ich mit einem Grummeln in der Magengegend noch etwas vor mir her. Doch dann musste ich es hinter mich bringen.

Als er verstanden hatte, dass ich ihn nicht wieder treffen würde, wurde er zunehmend garstig. Er meinte, in der Disco wären ja nur Psychos gewesen. Barfuß-Tanzen im Blaumann, hätten die noch alle Tassen im Schrank? Ob das der Schwänzeltanz der Bienen gewesen sei, so wie die sich dort bewegt hätten und überhaupt, die gehörten alle in Behandlung. Der elaborierte Sprachstil war am Ende des Gesprächs – oder besser Monologs - verschwunden. Doch das war mir ganz lieb so. Ich blieb ziemlich ruhig und entgegen meiner Art gab ich kein Widerwort. Sollte er doch ein wenig Hass und ein Feindbild aufbauen, wenn er sich dann leichter von dem Gedanken einer Partnerschaft mit mir lösen konnte. Sollte er seinem Ärger ruhig richtig Luft machen, da gehörte ich in seinen Augen gern zu denen, die eine Therapie nötig hatten.

Mir war schließlich schon immer klar, dass wir alle ein wenig „bluna" sind. Die einen mehr, die anderen weniger, mal offensichtlich, mal verdeckt. Schöner ist es aber, diesen Umstand Individualität zu nennen.

Mich lehrte diese Erfahrung, niemanden mit an meine „Wohlfühlorte" zu nehmen, den ich nicht besser kannte und dass ich lernen sollte, noch wesentlich deutlichere Signale und Worte für Absagen auszusenden.

Disco-Fox

Das Ausgeh-Spiel im Radio bescherte mir eine Telefonliste von acht Namen mit Alter und Ort. Natürlich telefonierte ich jeden Mann davon an, um zu sondieren, ob tatsächlich einer davon zu mir passen könnte. Außerdem wollte ich fragen, welcher Teil des Interviews mit Susanne Fröhlich ihn angesprochen habe.

Da gab es einen netten Metzger, der in einer Frankfurter 4er-WG mit seinen Schwestern lebte; einen Schwimmbadmeister mit sehr, sehr starkem Sigmatismus; einen Extremsportler, der an einer Bahnstrecke wohnte, wovon ich mich lebhaft während des Telefonats überzeugen konnte, wenn seine Wände im Hintergrund zu wackeln begannen; dann einen Mensch, der sich ähnlich friedlich wie ich von seiner Jugendliebe getrennt hatte und sich nur austauschen wollte; einen Frührentner, der nicht so recht mit seinen gesundheitlichen Einschränkungen heraus rückte und der mir sagen wollte, wie gut er die Art der Trennung fand und ein bis zwei Personen, die vom Alter zu jung oder alt waren bzw. weit weg lebten.

Einzig ein Typ kristallisierte sich heraus, mit dem ich über einen längeren Zeitraum Kontakt hielt. Seine Stimme war der Hammer! Dabei war nicht interessant, was er sagte, sondern wie es sich anhörte. Und obwohl ich das erotische Timbre und die Prosodie liebte, vermied ich lange Zeit, den Mann in der Realität zu treffen. Es ging über ein Jahr ins Land, bis ich ihn tatsächlich traf.

Der Grund hierfür lag nicht allein an dem Umstand, dass er Disco-Fox und Schlager liebte und gern zu Volksfesten ging. Auch nicht daran, dass er die mit zu hohem Pathos besetzte Musikgruppe Nightwish mit meiner derzeitigen Lieblingsband Evanescence und deren Sängerin Amy Lee in einen Topf warf. Nein, seine Ideen für ein erstes Date waren mir einfach zu spooky.

Sein erster Vorschlag bezog sich auf ein mitternächtliches Treffen in einer Bucht des Edersees, möglichst splitterfasernackt. Ich war zwar naiv, aber mein internes Sicherheitssystem funktionierte noch. Ich wollte mich nun wirklich nicht mit einem Unbekannten in der Dunkelheit an einem unbelebten Ort zu einer unmöglichen Zeit treffen.

Drei Monate später startete er einen zweiten Versuch, der rückblickend vermuten lässt, dass in dieser Zeit wohl „Shades of Grey" erschienen sein musste. Er erzählte mir von Goldenen Regeln, die er für ein erstes Date mit mir aufstellen wollte und die er mir in Folge tatsächlich rudimentär mailte. Im Wesentlich ging es wieder Mal um Nacktheit, „nichts muss", „alles kann", mit Botschaften für mögliche Grenzüberschreitungen und ein „Nein", verbal sowie nonverbal. Mir war das immer noch zu blöd und so hielt ich ihn auf Distanz.

Bis zu dem Abend, an dem ich wieder mal so gar keine Freizeitbeschäftigung in Aussicht hatte, alle Freundinnen bereits verplant waren oder keinen Babysitter hatten.

Ich telefonierte lang mit Mr. Discofox und lud ihn für den folgenden Abend zu mir ein. Mittlerweile meinte ich ihn ausreichend zu kennen, um einschätzen zu können, dass von ihm keinerlei Psycho-Killer-Gefahr ausging. Allerdings war meine Einladung gleichzeitig eine Art Ultimatum. Ich verdeutlichte ohne Umschweife, dass ich keinerlei Regeln oder besondere Orte für ein Treffen bevorzugen würde und wenn er mein 0-8-15-Angebot nicht annehme, es zu keinem Date kommen würde.

Mir ging es in erster Linie darum, den Mann hinter der erotischen Stimme zu sehen. Da weder unsere Ansichten noch der Musikgeschmack oder die Vorstellungen über mögliche Freizeitgestaltungen harmonierten, war mir von vornherein klar, dass hier - wenn überhaupt – nur ein One-Night-Stand zu erwarten war.

Als der Mann in Hemd und Jeans mit einer Flasche Sekt im Hauseingang erschien, war mein erster Gedanke: Groß, gepflegt und hübsch blond – aber schwarz mag zwar edel sein, macht ihn aber nicht wirklich schlank und betonte die Falten im Gesicht.

Unsere eher schwerfällige Unterhaltung im Wohnzimmer brachte keine überraschenden Neuigkeiten hervor. Er blieb ein gelegenheitsrauchender Tanzbär mit Hitliste und ich die Rockerbraut, die gern wild um sich schlug und sich nicht schunkeln lassen wollte.

Um den Abend und die Nacht nicht ganz nutzlos verstreichen zu lassen, nutzen wir die Zeit für ein Schäferstündchen und er blieb bis zum nächsten Morgen. Ich war wie gerädert. Leider nicht von den sexuellen Aktivitäten, die sich im Rahmen des Normalen bewegten, sondern von der extremen Schnarcherei. Als ich ihn zur Tür hinausschob, war ich froh, dieses Kapitel erledigt zu haben.

Er selbst äußerte, dass er sich vorstelle, irgendwann im Rollstuhl sitzend einem Pfleger von diesem Abenteuer zu berichten. Hm, wahrscheinlich wollte er dabei doch noch den Edersee oder besondere Regeln einbauen...

Mein ehrliches Feedback bezüglich seines Schnarchens quittierte er mit der indirekten Kritik, dass er mit meiner Intimfrisur im Dialog nicht gut klargekommen wäre, da sie sehr stachelig gewesen sei. Ich musste eingestehen, dass ich diese kurz zuvor recht dilettantisch zu kürzen versucht hatte, da Scharmbehaarung al natura nicht mehr so ganz in Mode war.

Im Nachhinein tauschten wir uns nach einigem zeitlichen Abstand über die Partnersuche noch ein bis zwei Mal aus. Ich berichtete von meinen Bemühungen und er schwärmte von einer kurzzeitigen Partnerin, die ihn mit Teelichtern auf den Treppenstufen zu einer mit Rosenblättern gefüllten Badewanne geführt hatte. An Damen zum Tanzen gehen - „Schränke schieben", wie ich es im Stillen nannte -mangelte es ihm nicht, aber nach einem Herzinfarkt kam er nicht mehr so recht auf die Füße.

Männer, die den Paartanz beherrschen, finden in der Regel guten Absatz auf dem Single-Markt. Ich selbst bin jedoch extrem schwergängig auf dem Parket, obwohl ich sämtliche Grundschritte aller gängigen Tänze erlernt und sogar fortgeschritten verfeinert habe. Es bedarf aber schon eines sehr dominanten Gegenübers, um mich dahin zu bewegen, dass zu tun, was Mann möchte. Und selbst dann hörte ich Sätze wie: „Das heißt Tanzen, nicht Kämpfen."

So scheiterte dann auch die Idee, über die so sexy anmutende Salsa-Tanzerei einen Partner kennen zu lernen und mit ihm dem gemeinsamen Hobby zu frönen. Einen Schnupperkurs überlebten die Zehenspitzen meines Versuchskaninchens in einem Kasseler Kulturzentrum, aber in einer lateinamerikanischen Bar hatte der Mann mit nur 1,80 m Körpergröße keine Chance gegen mich.

Ich bewunderte die schlanken Schönheiten, in ihren glitzernden, enganliegenden Kleidern, wie sie sich auf Highheels in einem Paare-Trio leichtfüßig bewegten. Sie schienen zu schweben, wie durch Telepathie geleitet und wirkten gleichzeitig wie aufgezogenen Figuren einer Spieluhr aus Porzellan während sie in komplizierten Mustern unter der Discokugel harmonierten. Ich war fasziniert - zumindest bis ich begriff, dass sie Signalen Folge leisteten, die per Händedruck vom Partner gegeben wurden. Leidenschaft funktionierte in meinen Augen anders.

Tanz war für mich damals schon ein Ausdruck individueller Bewegung, der spontane Empfindungen widerspiegelte, die durch die gehörte Musik erzeugt wurden. Lebensfreude durch „Knopfdruck" von außen? Nein danke. Das glich mir zu sehr einem Sport mit Bewertungen der B-Note, dem Streben nach Perfektion im Schablonenformat.

Fortan machte ich einen weiten Bogen um Herren, die den Paartanz bevorzugten.

Der Akademiker

Nachdem ich die letzte längere Episode mit dem Schamanen verdaut hatte, legte ich das Auswahlkriterium „Der Bildungsabschluss ist nicht wichtig" ad akta. Ein Hochschulabsolvent sollte her. Ich wollte endlich mal einen Mann auf Augenhöhe, der meinem eigenen beruflichen Grad entsprach und möglichst zur Generation Golf gehörte. Und sei es nur, um zu testen, ob ein Beziehungsaufbau mit einem klügeren Hirn bessere Erfolgschancen bot.

Bisher hatte ich Singlebörsen gemieden, die speziell mit dem Vorhandensein eines „gehobenen Niveaus" warben und eine akademische Ausbildung zur Voraussetzung machten. Zum Einen kosteten sie in der Regel Geld und zum Anderen befürchtete ich, ähnlichen verklemmten Gestalten unter den Männern zu begegnen, wie sie mir bereits in den Zeitungsannoncen untergekommen waren: Marke „Stock-im-Arsch", „zum Lachen in den Keller gehen" oder Muttersöhnchen. Aber nein, ich musste es ja besser wissen und versuchte es mit einem einwöchigen Probe-Angebot bei einer renommierten Börse.

Ich hatte aus Vorerfahrungen gelernt und ließ mich nicht mehr mit einer „kostenlosen Anmeldung" ködern. Die bedeutete nämlich, dass man zeitaufwendig tausend Fragen beantwortete und sorgfältig ein Profil erstellte, um dann erst nach dem fertigen Anmeldeverfahren informiert zu werden, dass das eigentliche Einstellen der Eigenwerbung ins Forum dann doch nicht ganz so günstig ist.

Mit diesem kurzzeitigen Angebot des bekannten Kennenlernportals konnte ich zwar selbst kein großes Aushängeschild für mich kreieren, doch befähigte es mich, Zeichen oder sehr kurze Messages auf den Seiten der Herren zu hinterlassen, die ich für interessant hielt. In Kauf nehmen musste ich allerdings, deren Fotos nicht sehen zu können. Die Möglichkeiten waren insgesamt begrenzt und so hatte ich auch nicht sooo viel Auswahl, was bedingte, dass ich den räumlichen Umkreis über das Übliche hinaus erweitern musste.

Am Ende meiner Bemühungen stand immerhin ein Date mit einem Anwalt, der als juristischer Berater in einer Institution seines Landes fungierte. Wir trafen uns auf halber Strecke zwischen unseren Wohnorten. Das „Pressecafé" in Bad Hersfeld als Treffpunkt klang in meinen Ohren schon mal halbwegs intellektuell und ich hoffte, dass sich der Anfahrtsweg lohnen würde.

Angenehme Überraschung: Karsten war groß, gebildet und sah wie ein jüngerer Bruder des Journalisten Küppersbusch aus. Es handelte sich um einen Nichtraucher, der zwar nicht sportlich war, dessen Bauch sich aber noch ganz gut über der Gürtellinie hielt. Das Gespräch verlief ebenfalls nicht übel. Und obwohl er im Profil angegeben hatte, ein alleinerziehender Vater eines Zehnjährigen zu sein, fasste ich einen möglichen Beziehungsversuch ins Auge.

Eine Voraussetzung hierfür war allerdings das Bestehen des von mir mittlerweile fest eingeführten Kuss-Tests. Ohne den würde ich keine weiten Wege auf mich nehmen, denn die Erfahrung hatte gezeigt, dass es nicht viel brachte, sich ohne Tuchfühlung zu treffen „nur weil man sich sympathisch war". Die Chemie musste stimmen und das von Beginn an. Sonst stand man hinterher mit einem netten Menschen an der Seite da, der aber im Körperlichen nicht zu einem passte.

Küssen an sich ist grundsätzlich mit jedem möglich, doch erst wenn sich bei dem mechanischen Prozess ein „Ich-will-mehr"-Gefühl bei mir einstellte, sah ich mir einen Mann genauer an. Blieb das Küssen oberflächlich, bemerkte ich unangenehme Gerüche oder gar einen komischen Geschmack, wurde der innere Schalter bei mir nicht umgelegt: der sichere Hinweis, dass ich die Finger von dem Mann lassen sollte.

Und gerade bei Akademikern hatte das Küssen beim ersten Date einen zweiten sinnvollen Aspekt: Würde der Mann Körperberührungen als zu früh, zu forsch oder unangemessen einstufen, konnte ich sicher sein, dass er der Spießer-Fraktion angehörte. Ich war alles andere als ein Männer-flachlegender-Vamp und wollte gewiss nicht als Flittchen oder Schlampe gesehen werden, aber Lebendigkeit, Spontanität und Energieniveau spiegeln sich meines Erachtens in der körperlichen Aktivität wider, die derjenige bereits im Anfangsstadium aufbrachte.

Da ein Spaziergang zur Stiftsruine aufgrund einsetzenden Regens nicht romantisch von Statten gehen würde, setzten wir uns zur Verabschiedung ins Auto.

Das Küssen funktionierte dort schon mal recht gut, aber aufgrund der vorherrschenden Enge stoppten wir nach einiger Zeit weitergehende Fummeleien und verabredeten uns für ein Wochenende bei ihm. Wir würden die Oper besuchen und anschließend beim Mexikaner einige Kleinigkeiten verspeisen. Sein Sohn verbrachte das Wochenende bei seiner Mutter, so dass ich ihn zunächst nicht kennen lernen würde, was mir als äußerst sinnvoll erschien, wollte ich mich doch in erster Linie auf Karsten konzentrieren - ohne seine Vaterrolle kennen zu lernen.

An einem Freitag startete ich etwas überhastet und leicht aufgeregt in Richtung Osten. Ich hatte mir eigens Kontaktlinsen anfertigen lassen, dass lange Schwarze eingepackt und die Pumps mit dem höchsten Absatz gewählt. Die Strecke gestaltete sich verkehrsreich und ich war froh, als ich endlich in einem kleinbürgerlichen Neubaugebiet am Rande einer Kleinstadt bei Karsten ankam.

Sein modernes Haus gefiel mir, auch wenn seine Mutter im Dachgeschoss wohnte und der Garten aus Mangel an Bepflanzung von allen Seiten her einsehbar war. Obwohl es sich dabei um eine nur handtuchgroße Fläche handelte, hielt Karsten den Rasen mit einem Aufsitzmäher kurz.

Der Abend verlief wie geplant: Wir fuhren mit seinem neuen schwarzen Golf GTI mit Automatikgetriebe nach Erfurt, besuchten die Oper, die das Stück „Cubra Libre" gab und ziemlich viele anzügliche Szenen enthielt, so dass ältere Semester bereits zur Pause den Saal verließen. Der Mexikaner danach war gut besucht und ich fühlte mich auf eine angenehme Weise chic, hofiert und unterhalten. Die Aktivitäten und Themen in meiner eigenen beschaulichen Kleinstadt waren beschränkt und nun hatte ich die Option, meinem zufriedenen Leben einen „Ergänzungstarif" gewinnbringend hinzuzufügen.

Der abendabschließende Sex war nicht überragend, aber durchaus im Rahmen. Schließlich hatte ich keinen testosterongesteuerten Akrobaten vor mir, sondern einen eher gesetzten Akademiker.

Der nächste Morgen gestaltete sich allerdings sonderbar.

Ich war vor Karsten wach und dachte, ich könnte in der Küche schon Mal einen Kaffee kochen und das Frühstück vorbereiten. Die Einbauküche besaß hübsche Fronten und war insgesamt etwas eng. Als ich den Deckel der einfachen Kaffeemaschine zum Wasser einfüllen öffnen wollte, stieß dieser begrenzend an die Hängeschränke über der Arbeitsfläche. Ich sah mich um und bemerkte, dass es keine einzige Fläche gab, auf der ich die Maschine hätte nutzen können.

Mein Blick in den Kühlschrank fiel auf vierzig Packungen Meica-Currywurst und keine weiteren Lebensmittel. Während ich noch verwundert nach Kaffee, Marmelade und Butter Ausschau hielt, trat der Besitzer der Küche herein und erklärte mir:

„Du brauchst doch kein Frühstück machen." Karsten ging zur Wohnungstür, öffnete diese und auf dem Vorleger stand ein Tablett mit Thermoskanne und allem, was einem Frühstück bedurfte. Seine Mutter hatte alles bereitgestellt!

Bereits an diesem ersten Wochenende fielen mir weitere Dinge auf, die mich irritierten und denen ich auf den Grund gehen wollte, um der Sache in jedem Fall eine Chance zu geben. Zu gut hatten mir das Ausgehen und die Gespräche gefallen, die sich nicht um typische Männerthemen drehten, sondern um Filme, Bücher, Politik, Literatur und Ansichten zum Humor. Außerdem hatte ich mir überlegt, dass ich seinen Sohn vielleicht doch Mal in Augenschein nehmen sollte, da die Erziehung des Nachwuchses durchaus Rückschlüsse auf Eigenschaften des Vaters zuließ. Karsten war nach eigenen Aussagen alleinerziehend, kannte aber die Kleidergröße seines Kindes nicht.

Beim zweiten Besuch wählte ich das Motorrad als fahrbaren Untersatz, da die zu überwindende Strecke lang und öde war, nur wenig Überholmöglichkeiten mit dem Auto bot. Bei der Ankunft begrüßte mich mein „Elite-Partner" mit der Aussage, dass er das Motorrad fahren für viel zu gefährlich halte und er es nicht gern sähe, wenn ich mit der Yamaha unterwegs sei.

Im Gespräch am Freitag-Abend erfuhr ich, dass Karstens Mutter das 80. Lebensjahr bald vollendet hatte und bereits zu Schul- und Unizeiten ihres Sprösslings die Devise vertrat: „Belaste Dich nicht mit Haushalt und Belanglosigkeiten, mein Sohn, sondern lerne fleißig, damit Du was wirst!" Sie wusch auch heute noch seine Wäsche, kochte und hütete das Enkelkind. Sie umsorgte den Sohn, wie sie es schon immer getan hatte. Kein Wunder, dass er lediglich eine Mikrowelle für zwischenzeitliche Fertiggerichte in seiner Küche benötigte.

Mir schwante plötzlich, dass Karsten vielleicht getreu Generationenvertrag nicht nur eine Partnerin mit Gehirnwindungen an seiner Seite suchte, sondern unter Umständen auch eine spätere Pflegekraft für seine Mutter? Vielleicht war seine Exfrau, eine Ärztin, angeblich total psycho, gar nicht so verrückt, wie er sie darstellte?

Am Samstag stand ein nicht zu weiter Radausflug mit Karstens Sohn auf dem Programm. Dieser schien die vorwiegende Zeit seines Lebens bei der Großmutter und vor seiner Spielekonsole zu verbringen. Diese Mal fand das Frühstück zu fünft am reichlich gedeckten Tisch im Obergeschoss statt, wo ich einen ersten Blick auf den Kleinen werfen konnte: Adipös, unbeweglich und antriebsarm saß er mir mit seinem Vollmondgesicht gegenüber und kleckerte Marmelade, welche ihm Oma zuvor auf sein dick gebuttertes Croissant gestrichen hatte, auf sein gestreiftes Poloshirt.

Er zeigte keinerlei Interesse an mir und war nicht eben begeistert von den Tagesplänen seines Vaters. Ohne Kommentar nahm er die Arme hoch, ließ sich von Oma das schmutzige Shirt über den Kopf ziehen und ein frisches überstreifen.

Auf dem Weg zu einem nahgelegenen Baumwipfelpfad maulte der Junge über Wärme, Gegenwind und Anstrengung. Dort angekommen, hatte er nur mäßig Lust, kindgerechte Rätsel zu lösen und Geheimnisse der Natur zu entdecken. Das Kind blieb dann auch - mit einer Bratwurst zufriedengestellt - am Boden, während ich mit seinem Vater die Bäume auf einem Wipfelpfad-Rundgang von oben betrachtete.

Der Rückweg gestaltete sich ähnlich und der Zehnjährige verweigerte die Weiterfahrt auf halber Strecke. Nur die Aussicht auf ein Eis ließ ihn erneut in die Pedalen treten. Das Eis fiel mit fünf Kugeln in meinen Augen üppig aus: Verbrannte und aufgenommene Kalorien standen in keinerlei Relation zueinander, was mir die Rettungsringe des Kleinen erklärte.

Am Haus angekommen, wurde Sohnemann vor der Playstation geparkt, damit wir uns als Paar ins Schlafzimmer zurückziehen konnten. Es war mir höchst unangenehm, das Kind im Nebenzimmer zu wissen, welches mehrmals an die Tür klopfte, nach Süßigkeiten fragte und von Karsten mit kurzen Erklärungen hingehalten wurde.

Am Abend verschwand der Enkel zum Fernsehen gucken zu seiner Oma und Karsten versuchte mir Woody-Alan-Filme und den ihnen eigenen Humor näher zu bringen, während es in meinem Kopf arbeitete. Sollte ich hier in Zukunft gleich drei Dinge auf ein Mal leisten? Partnerin, Mutterersatz und Pflegerin? Das ging ja gar nicht!

Ich begann vorsichtig mit meiner üblichen Rückzugsstrategie, zu der indirekte Hinweise an den Mann zählen, dass es wirklich besser zu ihm passende Frauen gibt. Ich verdeutliche Karsten, dass ich gar nicht so toll, so intelligent und bodenständig war, wie er vielleicht gehofft hatte. Es gab bestimmt besser geeignete Alternativen!

Der Anwalt, dem der manipulative Dialog sicherlich nicht fremd war, berichtete mir ohne Argwohn von einer HNO-Ärztin im Nachbarort, die sich ebenfalls auf sein Profil hin gemeldet hätte. Sie fuhr Cabrio und nannte etliche Oldtimer ihr Eigen. Er habe mich ihr vorgezogen, da meine Sprache, mein Humor und meine Schlagfertigkeit ihm einen solchen Spaß bereiten würden.

Oh ha, aus der Nummer kam ich wohl nicht ganz so leicht raus und so ließ ich einen ohnehin vereinbarten Gegenbesuch zu. Fairer Weise sollte Karsten auch einen Blick in meinen Kühlschrank und auf die Frühstücksorganisation werfen dürfen. Zudem wollte ich die Hoffnung noch nicht aufgeben, dass die bisherigen eher mäßigen erotischen Aktivitäten mit ihm vielleicht nicht doch noch ausbaufähig wären.

Schließlich hatte ich ein kinderfreies Wochenende mit ihm geplant und dank eines aufflackernden Putztriebes optimale Voraussetzungen geschaffen.

Aber auch dieses dritte Treffen zeigte mir, dass der Akademische Grad kein Gütesiegel für eine gelingende Partnerschaft darstellt. Der Mann war intelligent und finanziell gut gestellt, keine Frage, dennoch mangelte es ihm an Lebenspraxis und Vielseitigkeit. Wo war der gesunde Menschenverstand, wenn Eierschalen im gelben Sack landeten und Karsten keinerlei Verständnis für Urinieren im Sitzen aufbrachte? Meine Sprache mochte ihn amüsieren, doch ist Partnerschaft keine Einbahnstraße im Unterhaltensprogramm.

Ich empfand die gemeinsam verbrachte Zeit als öde, wollte jedoch noch in Ruhe über die richtigen Abschiedsworte nachsinnieren und sie Karsten gegenüber am Telefon innerhalb der kommenden Woche äußern.

Bei Karstens Abreise war mir am Sonntag aufgefallen, dass seine Reisetasche aus echtem Leder recht leicht zu heben war und leer wirkte. Und tatsächlich: Im Schlafzimmer fand ich später eine Hose einer wohlsituierten Marke und einen Pullunder mit einem Krokodil-Logo vor.

Richtig lustig wurde es aber, als mein Sohn am Abend mit einer fremden Kulturtasche in der Hand vor mir stand und sagte: „Mutti, das ist aber eine komische Taube, der hat seine ganze Kultur bei uns vergessen."

Vier Wochen zuvor hatte mein damals Siebenjähriger, ein pfiffiges Bürschchen, mich nach dem Titel einer rumliegenden CD einer meiner Lieblingsgruppen gefragt, der da lautet: Von Spatzen und Händen, Tauben und Dächern. Ich erläuterte ihm das dazugehörende Originalsprichwort „Der Spatz in der Hand ist besser als die Taube auf dem Dach", welches er halbwegs zu verstehen schien, da er es kurze Zeit später anwandte, nachdem er mitbekommen hatte, dass ich den letzten Freund nicht mehr traf und einen anderen, „besseren" suchte. So stellte er halb zutreffend fest: „Der Raucher mit dem Motorrad war also der Spatz und dieser neue Typ ist die Taube?"

Ich sandte Karsten die von ihm vergessenen Dinge mit der Post. Natürlich hatte seine Mutter die Reisetasche im Vorfeld gepackt.

Es war ihm also nicht anzukreiden, dass er selbst nicht an alles gedacht hatte.

Er bedauerte sehr, dass ich für ihn und mich keine gemeinsame Zukunft sah. Ich verzichtete darauf, der Taube noch Tipps für die weitere Suche nach einer Partnerin mit auf den Weg zu geben. Dank seiner äußeren Lebensbedingungen wird er wohl bald eine passende Frau gefunden haben.

Vielleicht half ihm seine Mutter ja auch dabei.

Blondinen bevorzugt

In einer Ortskneipe, die einem Pub in nichts nachstand, trank ich ab und an auch unter der Woche ein Krefelder. Allein schon, damit ich bloß keinen Mann verpasste, der vielleicht in mein Jagdschema passen und mir zusätzlich noch sympathisch sein könnte.

Doch wenn ich mit einem Mann ins Gespräch kam, was äußerst selten der Fall war, dann handelte es sich dabei am ehesten um Ortsfremde, beispielsweise einen Ingenieur im Außendienst oder einen Motorradfahrer, der mit seinem Club auf der Durchreise unsere ländliche Region streifte. Einheimische sprachen mich, wenn überhaupt, nur am Wochenende kurz vor dem Delirium an, wenn sie keinen graden Satz mehr herausbekamen. Stures Volk? Feigheit? Oder Schicksal, da sie mir ohnehin allesamt nicht gewachsen gewesen wären? Die meisten folgten traditionellen Verhaltensmustern, ihre Neckereien in punkto Beamte und Lehrerjob zeugten von Futterneid, Komplexen und einem nicht ausgegorenen Persönlichkeitsbild.

Es passte einfach nicht in ihr Weltbild, dass eine Frau besser verdiente oder mehr Zeit hatte oder auch nur zufriedener war als sie selbst. Viele Jahre ließ ich mich immer wieder auf Diskussionen ein, kam in eine Rechtfertigungsposition und ärgerte mich. Erst sehr viel später griff ich zum Spruch meiner besten Freundin: „Intelligenz beginnt bei der Berufswahl" oder bot den Tausch des Jobs für eine Woche an. Da wurden die Herren dann doch still, die zuvor beteuerten, sie hätten ja viel mehr Potenzial, als von ihnen genutzt, könnten viel besser rechnen als ich oder sie seien nur etwas faul gewesen, hätten in der achten Klasse die falschen Freunde oder fiese Lehrer gehabt.

Eine Ahnung meines Dilemmas bekam ich, als ein Mann die Aussage traf: „Du bist einfach zu schnell, du lässt Männern gar keine Chance. Ich wollte Dir die Tür aufhalten, aber Du warst schon durch!" Erst sehr viel später begriff ich, dass nicht ich zu schnell war, sondern die meisten Typen schlichtweg zu lahm und damit die Falschen für mich.

An einem besonders deprimierenden Abend leerte ich mein Getränk und wollte grade nach Hause stelzen, als ein blonder, großer, schlanker Typ auftauchte, den ich nur vom Sehen her kannte und der mir interessant erschien. An der Theke kamen wir ins Quatschen und seine witzigen Sprüche über sich und sein Aussehen zeigten, dass er über Selbstironie und Humor verfügte.

Ich traf Florian daraufhin öfters, lernte seine leicht verworrenen, nicht ganz nachvollziehbaren Lebensumstände kennen und bandelte mit ihm an - trotz seiner oberflächlichen Art und hohem Zigarettenkonsum. Ich verbrachte sogar einige Feiertage in seiner Heimat bei seinen Eltern mit ihm, die von mir ganz angetan schienen. Sein jüngerer Bruder vertraute mir an, Florian habe bei der Partnerinnenwahl öfters schon Mal danebengegriffen.

Ganz schlau wurde ich nicht aus ihm, da er in der Waagerechten nicht wirklich warm – also weit weg von heiß – mit mir wurde. Dass ich ihn nicht wirklich anzuturnen schien, wurde offensichtlich, wenn er bei mir übernachtete. Er saß lieber bis weit nach Mitternacht auf dem Sofa im Wohnzimmer und sah lautstark Sportveranstaltungen im Fernsehen, anstatt zu mir ins Schlafzimmer zu kommen. Das kam mir komisch vor, hatte ich doch zuvor immer Begeisterung bei Herren hervorgerufen, deren Ehen allerdings schon längere Zeit vor der Trennung tot gewesen waren.

Erst gut vier Monate später, nach dem Ende dieser Beziehung, die eigentlich gar keine war, kam mir die Erleuchtung, als mir sein bester Freund steckte, dass Florian eigentlich nur auf blonde Frauen stehe und sich in eine meiner Freundinnen verguckt hatte, mit der er mich irgendwann gesehen hatte. Er hatte gehofft, über mich Kontakt zu ihr zu bekommen, was jedoch nicht der Fall war, da ich sie nur sporadisch traf, sie weiter weg wohnte und wir unsere

Frauengespräche vorzugsweise in den eigenen vier Wänden führten. Nachdem er das gerafft hatte, verstand Florian es geschickt, mich in einer Schluss-mach-Disco-Aktion an seinen, recht solide wirkenden Freund „weiterzureichen".

Was für ein Kontrast! Der war nicht nur ein Frauenversteher und Seelentröster, sondern entpuppte sich als Gentleman und Glücksfall gemäß dem Grundsatz: Die Frau kommt zuerst!

Ich verbrachte die kommenden drei Wochen jede Nacht mit ihm, da er sehr zu meiner Befriedigung beitrug. Ich nahm es in Kauf, dass er bei mir wohnte, seine Lebensmittel in meinem Kühlschrank lagerten und ich aufgrund seiner starken Schnarcherei stets gegen drei Uhr in mein Gästezimmer auswanderte, wenn ich wenigstens etwas Schlaf bekommen wollte. Zunächst bemerkte ich gar nicht, dass er begann bei mir einzuziehen, da er selbst eine größere Eigentumswohnung auf einem nahgelegenen Ortsteil und einen festen Job besaß.

Als ich vor Übermüdung kaum mehr arbeitsfähig in ein Wochenende glitt, fand eine Unterhaltung zwischen uns statt, in der seine Zukunftsabsichten zu mir durchdrangen.

Sätze wie „Ich will nicht noch mal Jahre verschwenden und dann doch wieder von vorn beginnen" fielen, gemeinsame Urlaube wurden von ihm erwähnt und als er dann meinte, ich hätte doch sicherlich nichts dagegen, wenn er seinen Gartentisch auf meinen Balkon stellen würde... da dämmerte mir, dass hier etwas in ganz falsche Bahnen zu laufen drohte. Bürgerliche Endzeit-Szenarien stiegen vor meinem inneren Auge auf.

Ich bekam Panik und wurde regelrecht wütend bei dem Gedanken, täglich den Nachtschlaf zu unterbrechen, im Gästezimmer auf einer schmalen Couch statt meiner wunderbaren breiten Matratze zu schlafen und von ihm für die Zukunft komplett verplant zu werden.

Ich meine mich zu erinnern, dass er auch noch einen Kinderwunsch geäußert habe – ein No-go für mich!

Als ich wieder klarsehen konnte, zog ich schnell die Reißleine und beendete die kurze Partnerschaft. Schließlich wollte ich auf keinen Fall, dass dieser immer freundliche Zeitgenosse seine Zeit damit verschwendete, mich zu seinem Glauben an Ehe und Familie zu missionieren. Zeit, die er meiner Ansicht nach benötigte, um mit einer anderen seine Lebensziele zu erreichen. Ich persönlich fand ihn damals schon etwas zu alt dafür, denn er erfüllte schon nicht mehr das von mir aufgestellte unterste Kriterium für eine Vaterschaft: Durch einen Ikea-Tunnel kriechen zu können.

Tatsächlich heiratete er einige Monate später, bekam Nachwuchs und lebte, soweit ich weiß, „glücklich bis zur Scheidung".

Die Uniform

Über eine der herkömmlichen Single-Börsen, die mein Alltagsleben als abendliche Unterhaltung oft ergänzten, traf ich auf einen Mann um die 30, der mir auf Anhieb schon beim ersten unverbindlichen Date gefiel: groß, schlank und für meinen Geschmack unglaublich gutaussehend.

Das zweite Treffen fand dann auch gleich bei mir Zuhause statt, denn er besuchte dienstlich bedingt gelegentlich unsere Kleinstadt.

Als ich die Tür öffnete, war ich ganz schön geflasht. Ich hatte nicht damit gerechnet, dass er in seiner Dienstuniform bei mir aufkreuzen würde. Und ich finde bis heute, dass die Herren der Marine von ihrem Verein wirklich schicke Berufskleidung verpasst bekommen. Damit werden hübsche Männer noch attraktiver.

Etwas verlegen führte ich ihn durch meine Räumlichkeiten. Nachdem wir Wohn- und Schlafzimmer passiert hatten, gelangten wir in das obere Stockwerk und ich schwöre, dass ich einem Quickie niemals erlegen wäre, hätte der Mann nicht soooo smart ausgesehen.

Damals steckte ich noch in den Anfängen des Datens und so kam mir die Aktion absolut verwegen und außergewöhnlich vor.

Nachdem der Mann gegangen war, stand für mich fest, dass ich ihn unbedingt näher kennen lernen wollte, denn trotz der körperlichen kurzzeitigen Nähe war er mir natürlich noch völlig fremd.

Seine Geschichte hatte er mir in etwa so erzählt: Er sei Single, müsse berufsbedingt alle paar Jahre den Standort wechseln und litte ungemein darunter, dass er keine Familie gründen könne. Die ständigen Wohnortwechsel, der geringe Verdienst und die immer wieder ungewisse Zukunft hielten alle weiblichen Wesen davon ab, sich länger mit ihm in eine Beziehung zu begeben.

Okay, dachte ich, der Arme. Er verstand erstaunlich schnell, dass ich selbst so gar nicht mehr an Familiengründung dachte und ich glaubte tatsächlich, dass wir im gegenseitigen Einverständnis vielleicht eine Beziehung auf Zeit führen könnten.

Seine Wohnung in der Nähe von Kassel war recht spartanisch ausgestattet. Eigentlich genau dem Klischee eines Junggesellen entsprechend, vielleicht für sein Alter etwas „hausbacken"- bürgerlich, Richtung Eiche-rustikal. Die gesamte Atmosphäre erschien mir kühl, Wände und Bodenbeläge wirkten grau, trüb und farblos. Die gesamte Bude machte den Eindruck, als wäre sie nur ab und an bewohnt, selbst die Bettwäsche fühlte sich klamm an. Ich vermutete, dass sei dem Job geschuldet.

Leider war das Verhalten des Mannes auch eher kühl, wenn er mich vor Ort empfing. Und natürlich trug er in seinen vier Wänden keine Uniform, was meine anfängliche Begeisterung in ihre Schranken verwies. Bei meinem zweiten Besuch bei ihm war ich leider etwas unpässlich und er machte deutliche Ansagen, was er sich sexuell wünschte („Ich bade doch nicht im roten Meer" „Du hast bei mir da unten noch einen Job"). Huch, mit diesen Praktiken kannte ich mich bis dato noch gar nicht gut aus, aber ich wollte ja auch durchaus neue intime Erfahrungen sammeln. Also ließ ich mich nicht abschrecken, zumal der Smarty - zwar nicht mehr ganz so smart -, aber sehr gepflegt, wohlriechend und hygienisch einwandfrei daher kam.

In den Unterhaltungen fiel mir dann auf, dass er sich keine weiteren Informationen über sein Leben oder seine aktuelle Situation entlocken ließ. Er hielt sich insgesamt sehr bedeckt und ich vermutete, dass er vielleicht grundsätzliche depressive Züge habe. Oder haben alle Männer, die beruflich als Glied einer Befehlskette fungieren eine leichte Psychoklatsche? Schade, schade, so ein hübscher Kerl, aber leicht verkorkst, so dass kein lockerer, „normaler Umgang" mit ihm möglich schien.

Nun gut, so wurde die Sache beidseitig bald beendet. Über diesen für mich merkwürdig anmutenden Menschen dachte ich die folgenden Jahre immer mal wieder nach, da er zu den ganz wenigen „Rätseln" meiner Dating-Laufbahn zählte, die sonst Dank meiner ausgeprägten Menschenkenntnis immer ziemlich klar verlaufen war.

Fünfzehn Jahre später erfuhr ich durch einen Zufall, warum ich eine deutliche Schräglage bei der Begegnung mit dem schmucken Offizier verspürt hatte: Ich wäre im Leben nicht darauf gekommen, dass der Uniformträger mich von vorn bis hinten belogen hatte!

Er war damals bereits verheiratet gewesen, hatte zwei süße Kinder im Kleinkindalter und besaß ein Einfamilienhaus in der Nähe der ungemütlichen Junggesellenwohnung. Dieses leicht schäbig wirkende „Liebesnest" nutzte er lediglich für Schäferstündchen, die er dort ungehindert abhalten konnte. Eingetragen war die Bude auf einen anderen Besitzer, bei dem es sich im Anbetracht der Einrichtung wahrscheinlich um einen älteren Herrn handelte. Lediglich die berufliche Laufbahn und der Dienstrang des Uniformträgers stimmten in etwa mit der Realität überein.

Ich habe im Nachhinein sehr über mich schmunzeln müssen. Die vielseitig begabte Motorradbraut, als die ich mich gern im Internet präsentierte, war hinters Licht geführt worden. Und in ehrlicher Selbstkritik denke ich auch heute noch: „Gut so".

Nicht, dass ich selbst gelogen, gefakt oder andere hintergangen hätte. Ich war selbst nur so naiv gewesen, immer davon auszugehen, dass alle so ehrlich seien, wie ich selbst. Durch diese Geschichte wurde mir aufgezeigt, dass ich nicht immer der schlaue Fuchs war, der ich meinte zu sein.

Ein kleiner Trost war, dass der smarte Typ in der Regel sehr viel jüngere Frauen anbaggerte und vernaschte. Ich hätte eigentlich gar nicht in sein Beuteschema fallen dürfen.

Der Handwerker

Der Beginn einer immerhin mehrmonatigen Beziehung mit einem Handwerksmeister verzögerte sich etwas. Seine bereits länger von ihm getrenntlebende Ehefrau hatte es zunächst nicht glauben wollen, dass Ralf über Singlebörsen tatsächlich potenziell neue Partnerinnen kennen lernen würde. Als es dann soweit war, bekam sie kalte Füße und setzte Himmel und Hölle in Bewegung, um einen endgültigen Bruch mit ihr zu vermeiden. Jedenfalls schrieb mir der sympathisch wirkende Motorradfahrer kurz vor unserem ersten Treffen, dass seine Frau kämpfe wie eine Löwin und er zugunsten seiner zwei Kinder noch einen letzten Versuch mit ihr starten wolle.

Okay, dachte ich, vielleicht sollte das so sein.

Immerhin war ich es gewesen, die im Vorfeld zunächst verhalten auf sein Profil reagiert hatte. Ralf war blond, eher schmal gebaut, durchaus muskulös und maß exakt meine Körpergröße. Augenhöhe in der Partnerschaft fand ich mental gesehen zwar schön, aber nur bedingt, wenn ich einem Mann direkt gegenüberstand. Ich bevorzugte deutlich größere Männer und da der „Katalog des Internets" so viele Seiten hatte, blätterte ich oft weiter, wenn ich bei der Körpergröße eine Angabe unter 1,80 Meter fand.

Ralfs fröhliche lebensbejahende Art in den kurzweiligen Telefonegesprächen ließen mich dennoch neugierig auf ein Treffen mit ihm werden.

Tatsächlich meldete er sich ein halbes Jahr später.

Die Ehe war nun endgültig zerrüttet. Seine Frau bekam häufig Tobsuchtsanfälle, gemäß ihrem italienischen Temperament und legte immer mehr Borderline-Allüren an den Tag. Sie war wohl trotz aller Schönheit nicht mehr zu ertragen. Zuletzt hatte sie ihrer eingebildeten Eifersucht Luft gemacht, indem sie ihm quer über die Straße äußerst obszöne Anschuldigungen an den Kopf geworfen und das gute Geschirr zerschlagen hatte.

Ralf hatte mittlerweile ernste Bedenken, dass sich ihr Verhalten geschäftsschädigend auswirken würde, zumal die Nachbarschaft die Szenen jedes Mal in Bild und Ton mitbekam.

Ich fuhr gern mit diesem Mann Motorrad, mochte seinen optimistischen Blick für das Leben und seinen durch die Arbeit fit gehaltenen Körper ohne jegliche Fettpolster.

Er führte als Selbständiger einen Kleinbetrieb und war sowohl fachlich als auch kaufmännisch ein fähiger Handwerker, was er mir eindrucksvoll bewies, indem er mir mit Rat und Tat zur Seite stand, wenn ich meinem Haus bauliche oder technische Probleme lösen musste. Von Beginn unserer Beziehung an war klar, dass seine Hilfe rein freiwillig erfolgte, so dass ich nie das Gefühl hatte, ich könnte ihn ausnutzen.

Soweit ich es beurteilen konnte, war Ralf nicht zu sehr in bürgerlichen Verhaltensweisen gefangen und so sah ich recht gute Grundlagen für eine feste Beziehung.

Nach drei Monaten setzte ich die rosarote Brille nicht so abrupt ab, wie es sonst bei mir häufig der Fall war. Nein, ich hatte mich sogar auf erste Treffen und Freizeitaktionen mit seinen Kindern im Teenie-Alter eingelassen, obwohl ich wusste, dass ich kein handelsüblicher Familienmensch war. Umgekehrt durfte Ralf mit mir und meinen Jungen auf dem Edersee Kanu paddeln und zu Ortsfesten gehen. Ich hatte mir fest vorgenommen, dieses Mal kompromissbereit zu sein und ernsthaft mein Glück zu versuchen.

Auf der praktischen Ebene gelang mir das ganz gut. Doch emotional hatte ich echte Schwierigkeiten, die Erwartungen meines Freundes zu erfüllen: Fallen lassen sollte ich mich, mich ganz auf ihn einlassen, mehr Tiefe in das Ganze legen. Hm, was war falsch mit mir, dass ich einfach nicht über ein Verlieben und Mögen hinauskam?

In der Waagerechten harmonierten wir soweit prima. Dort gab es nur eine Sache, mit der ich meine Probleme hatte: Im Eifer des Gefechts konnte es passieren, dass ich plötzlich einen Klapps auf den Hintern bekam. Beim ersten Mal war ich erschrocken und dachte mir „Na ja, ist eben ein Handwerker..." und gegen übertragene Metaphern aus dieser Branche in mein Schlafzimmer (Bohren, Hämmern, Nageln, Flachlegen u.ä.) hatte ich ja gar nicht so viel einzuwenden, aber natürlich thematisierte ich diese kleine Handgreiflichkeit zu einem passenden Zeitpunkt.

Ralf gestand mir, dass seine Begeisterung für mich so groß sei, dass es in der Situation rund um den Höhepunkt einfach mit ihm durchginge und ihm unkontrolliert die Hand ausrutsche. Das hätte ich einerseits als Kompliment nehmen können, doch andererseits stand ich absolut nicht auf Schmerz und Schreck im Bett.

Leider kam es immer mal wieder vor, dass ich einen kleinen Schlag abbekam, so dass ich jedes Mal ein Stück mehr in eine „Hab-Acht-Stellung" ging, wenn sich seine Freude beim Sex zu steigern begann. Wie, bitte schön, sollte sich Frau da fallen lassen können oder gar entspannen?

Aber mir war natürlich klar, dass Ralf mit seinen Aussagen etwas anderes meinte und sich große Gefühle meinerseits erhoffte.

Nach einem gemeinsamen Wochenende fand ich am Sonntagabend kopierte Seiten auf meinem Kopfkissen. Es handelte sich um Auszüge aus einem stark esoterisch angehauchten Buch, welches die innige Beziehung von Mann und Frau mit blumigen Worten verdeutlichte. Puh, das war für mich pragmatisch veranlagtes Frauchen mit wenig Romantik im Blut so gar nichts.

Esoterik rangierte für mich in der Negativ-Liste für Partnerschaftsattribute gleich hinter religiösen Einstellungen. Diese Liste vervollständigte sich mit der Anzahl meiner Erfahrungen. Dort befanden sich der bereits erwähnte Paartanz, die Eisenbahnromantik und alle Vorlieben, die in Richtung Schmerz oder Erniedrigung gingen.

Ob es letztendlich die fehlenden Gefühle, ein mangelndes Vertrauen oder der Druck einer bürgerlichen Normalität waren, die die Beziehung scheitern ließen, kann ich gar nicht genau sagen. Aber in diesem Fall fand ich es gut, dass mein Gegenüber seine Erwartungen klar äußern konnte und er selbst erkannte, dass es mit uns nicht passte.

Wir telefonierten im Nachhinein öfters und der Kontakt schlief erst ein, nachdem Ralf seine Traumfrau kennen gelernt hatte. Seine große Liebe entstammte einem fernen Land. Sie verließ ihre Heimat, um bei ihm leben zu können.

Ich wünschte ihm viel Glück, weiß aber nicht, ob dieses von Dauer gewesen ist.

Ein kleiner Haken

Nicht alle meine Eskapaden mit Männern basierten auf Kontaktforen. Nein, einige wenige ergaben sich aus Begegnungen in der Freien Wildbahn. Solche hätte ich mir in den Anfängen des Datens gar nicht zugetraut, doch mit zunehmender Umtriebigkeit und Dating-Erfahrung gewann ich an Selbstbewusstsein.

Jedes zweite Weihnachten verbrachten meine Söhne bei ihrem Vater, das ließ Raum und Zeit für Einsamkeit, aber auch für Abenteuer.

Mir blieben am Heiligenabend in diesem Jahr also einige Stunden, die ich nicht allein zu Hause verbringen wollte. So schloss ich mich zunächst einer lockeren Gruppe rund um meinen Cousin an, damit ich nicht so verloren durch die Kneipen der Stadt tingeln musste. Auf diese Weise kam ich an altbekannte Orte, an denen sich ehemalige Kleinstädter trafen, die mittlerweile weggezogen waren. Viele verbrachten zunächst die Bescherung im Familienkreis, um dann mit früheren Klassenkameraden und Freunden weiter zu feiern.

Nachdem ich mich gegen Mitternacht von der lustigen Gruppe verabschiedet hatte, blieb ich in einer der einschlägigen Locations hängen. Dort traf ich überrascht auf Marcel, einen sportlichen Jugendschwarm, den ich als Fünfzehnjährige aus der Ferne angehimmelt hatte, da ich als stilles Mäuschen geglaubt hatte, niemals eine Chance bei ihm zu haben.

Wir kamen ins Gespräch, redeten über den Sport, dies und das und irgendwann zeigte er mir eines seiner Tatoos, welches mich weit weniger beeindruckte als der Bizeps auf dem es prangte. Hm, nicht schlecht. Und Marcel fasste sich auch ganz wunderbar an, wie ich kurze Zeit später feststellte. Hübscher Hintern, angemessene Taille und gestählte Rückenmuskulatur. Den nehme ich mir als Geschenk mit nach Hause und packe ihn aus, wurde mir klar.

Wir vereinbarten bereits im Voraus absolute Diskretion. Beide waren wir zwar Singles, aber Gerede auf dem nächsten Jahrgangstreffen... - musste ja nicht sein.

Weit nach Mitternacht landete ich also mit diesem humorvollen und unterhaltsamen Mann, der zufällig einen gut definierten Body besaß, in der Kiste. Mir klappte aber schon nach kurzer Zeit die Kinnlade herunter und ich dachte unwillkürlich an die Internet-Werbung, wo jemand fragt „Bist Du schon drin?" Das Licht im Schlafzimmer war zum Glück gedimmt, so dass Marcel meinen Gesichtsausdruck nicht sehen konnte. Wie konnte das sein? Ein so schöner Körper und so ein kleines ... Detail...?

Jetzt ahnte ich, warum seine langjährige Freundin wenige Stunden vor der Hochzeit kalte Füße bekommen hatte. Ach herrjeh. Ein echtes Manko, auch wenn es andere Methoden gibt, um Frauen sexuell glücklich zu machen. Als One-Night-Stand nicht eben eine prickelnde Erfahrung, aber zumindest entstanden keine langfristigen Verpflichtungen mit diesem Detail klar kommen zu müssen.

Nach einem Minimalprogramm folgte ein kurzer Abschied mit Beteuerungen, was jeder von uns am anbrechenden Feiertag noch alles so erledigen müsse. Marcels Frage in der Türzarge, die eine utopische Zukunftsoption offerierte und in keiner Weise für mich in Frage kam, verneinte ich schnell und sah den Mann nie wieder.

Drei Jahre später flüsterte mir ein gemeinsamer Bekannter am Fastnachtsdienstag in einer Kneipe ins Ohr, dass mein amouröses Abenteuer nicht geheim geblieben war. Bei einer Feier unter Freunden hatte Marcel offensichtlich doch geplaudert.

Im ersten Moment war ich so sauer, dass mir beinahe die Bemerkung entschlüpft wäre, ob er auch den „kleinen Haken" an der Sache erwähnt hatte. Dass habe ich mir jedoch verkniffen. Mein ehemaliger Schwarm ist biologisch gegeben schon genug gestraft, da wollte ich nicht noch nachtreten und mich ebenfalls auf das Parkett der Indiskretion begeben.

Viele Jahre später hörte ich, dass Marcels Zukunft beruflich und familiär glücklich verlaufen war, was ihm trotz mangelnder Diskretion gegönnt sei.

Eine weitere kurze Episode zum Thema „besonderes Detail" ereignete sich rund um einen Jahreswechsel, den ich allein in Flensburg verbrachte, wo ich im Vorfeld einer Klassenfahrt die Unterbringung in der Nähe testen wollte. Geschickter Weise hatte ich mir per Internet ein Date in der Stadt organisiert und traf einen gutaussehenden Übersetzer in einem Café.

Wir redeten lang und da wir beide nichts Weiteres vorhatten, kam Tom mit in mein Appartement. Im Gespräch war mir bereits aufgefallen, dass dieser Mann nicht wirklich stabil im Leben stand. Er haderte mit seinem geringen Einkommen, seinem Berufsfeld und dem Alleinsein, hatte augenscheinlich aber auch nicht die Energie, etwas an seinen Lebensumständen zu ändern.

Dass sein Selbstbewusstsein noch unter einem ganz anderen Schatten stand, wurde mir nach unserem Tete-a-Tete bewusst. Sein bestes Stück war von der Länge her grad noch annehmbar, aber der Durchmesser. . . ups. Mir kam unwillkürlich ein schlechter Scherz in den Sinn. . . mit einem Mikadostab Sahne schlagen. . .

Mir tat Tom nun wirklich leid. Ein Happy End war dann auch – rein anatomisch - nicht möglich, so dass ich die Bemühungen abbrach und er selbst Hand anlegen musste. Es wunderte mich nicht, dass er als Mann in unserer Gesellschaft Schwierigkeiten mit seinem Ego hatte und hoffte, dass es für ihn noch Hilfestellungen in der Zukunft geben würde.

Weniger problematisch, wenn auch im ersten Moment überraschend, fand ich die Ansage eines Mannes kurz vor dem Beischlaf:

„Du darfst jetzt nicht erschrecken, aber ich habe von Geburt an nur einen Hoden".

Sexuelle Ausstattungen können sich Männer und Frauen eben nicht beim Universum bestellen. Meine Oberweite lag ja auch eher im Bereich der Effizienzklasse A+ – und trotzdem wollte ich mir niemals wirklich mehr kaufen, da sie mich bei der Ausübung anderer sportlicher Hobbies eher behindert hätte.

Es gilt, mit dem glücklich zu werden, was einem die Natur mitgegeben hat. Und ich kann Männern mit kleiner Ausstattung nur empfehlen, sich intensiv mit der weiblichen Sexualität zu beschäftigen. Wissen ist Macht und kann sehr, sehr viel Freude bereiten – unabhängig vom eigenen Genital.

Blauer Dunst

Während eines Beziehungsversuchs zog ich mich komplett aus Single-Börsen zurück, da ich niemals zweigleisig fuhr und mich voll und ganz dem Subjekt meiner Begierde widmen wollte. Im Schnitt endeten die Versuche meistens an der ersten Stolperkante: nach drei Monaten. Wenn erste Klärungsprozesse auftraten, ich dann die erwähnte rosarote Brille absetzte und die erste Euphorie beidseitig verflogen war, wurde es Zeit für eine Bilanz.

Ich achtete stets auf ein deutliches Ende, denn ich wollte keine Zeit verlieren und mich flugs wieder auf die Suche begeben. Ganz offensichtlich hatte ich doch nie so viele Gefühle investiert, wie ich zuvor gedacht hatte; der Verflossene war mir nicht so sehr ans Herz gewachsen, dass ich um die kurze Partnerschaft trauerte oder gar eine Pause in meinen Aktivitäten einlegte.

Ich lebte vielmehr nach dem Motto: Erledigt, Haken dran, weiter geht´s.

Eine entfernte Bekannte machte mich darauf aufmerksam, dass ich damit keine nette Haltung im Umgang mit den Männern an den Tag legte, deren Empfinden ich aus ihrer Sicht mit Füßen trat.

Nur ein einziges Mal in sechs Jahren verliebte ich mich erheblich in einen schlanken, dunkelhaarigen, klugen, sanftmütigen Mann, der aus Brandenburg in die Gegend um Gießen gelangt war.

Julian war Leiter einer Ausbildungsschule des medizinischen Bereichs und strebte ein paralleles Studium an der Charité in Berlin an. Er arbeitete nachts oft am Schreibtisch und pflegte nicht den gesündesten Lebensstil. Zu meinem Leidwesen konsumierte er zahlreiche Zigaretten und den einen oder anderen Joint.

Er lebte getrennt von seiner Ex-Freundin und ihrem gemeinsamen Sohn, den er allerdings regelmäßig zu Gesicht bekam. Eine Altlast

aus Jugendtagen verpflichtete ihn zudem zu weiteren Unterhalts-
zahlungen.

Bevor ich mich mit Julian das erste Mal an einem Badesee traf,
hatte ich durch das Lesen seiner wunderbar langen Mails eine
Ahnung davon bekommen, dass es sich hier um einen sensiblen,
wortgewandten und melancholischen Menschen handelte, den ich
unbedingt kennen lernen wollte. Er gehörte nicht nur zu den sehr
seltenen Exemplaren, die ihren Texten eine passende und oft witzige
Kopfzeile verpassten, sondern man konnte mit ihm auch Gedanken
zu vielen Themenbereichen austauschen.

Wir machten zahlreiche Spaziergänge und erzählten uns stundenlang auf dem Sofa interessante Erlebnisse. Nur über unseren
eigenen Status redeten wir nie.

In meiner bürgerlich-westlichen Naivität nahm ich jedes Mal, wenn
wir im Bett landeten, an, dass wir nun ein Paar wären. Kurz darauf
bekam ich erste Zweifel, da Julian sich weiterhin unverbindlich mir
gegenüber verhielt und eher auf kumpelhaft machte. Liebesbekun-
dungen wollte ich einerseits auch gar nicht hören, aber andererseits
hätte ich ein „Es war schön mit Dir" oder „Wann sehen wir uns
wieder?" durchaus als angenehm empfunden. Ich wusste einfach
nicht so recht, wo ich bei ihm dran war und griff nach jedem
Strohhalm, um einen Platz in seinem Leben zu bekommen.

Aus diesem Grund ließ ich mich – trotz all meines Misstrauens – auf
eine ganz besondere Tour mit Julian und zwei seiner Freunde ein:
Der Besuch des Guru-Guru-Festivals in einem Tal des Odenwalds.

Schon im Vorfeld fand ich einiges an diesem Wochenendausflug
ziemlich sonderbar. So schlug Kalle, der beste Freund von Julian,
ein langhaariger Django, der sich ausschließlich auf einer großen
Geländemaschine von A nach B bewegte vor, ich könnte Julian
und die Zeltausrüstung doch auf meinem Motorrad unterbringen,
während er die Bierkiste und den dritten Mann bei sich auf dem

Fahrzeug transportieren wollte. Heiliges Blechle, wie kann man denn auf so ein schmales Brett kommen? Oder sollte das der Trick gewesen sein, um mich zum Fahren mit PKW zu überreden? Der Student, den wir während der Fahrt in Frankfurt aufnahmen, hatte nämlich erst gar keinen Führerschein.

So fand ich mich an einem sehr sonnigen Augusttag umgeben von drei Mitstreitern in meinem Kombi wieder, der zunächst gar nicht so voll beladen war. Aber jetzt hatten wir ja Stauraum und konnten zwei Kisten Bier einpacken sowie mehrere Zelte. Was für ein Glück, denn zu viert auf engem Raum war für mich indiskutabel - wie sollte ich meinem Schwarm da so nah als möglich kommen?

Hätte ich allerdings geahnt, dass es außer einem Toilettenwagen keine weiteren Sanitär-Einrichtungen geben würde, so wären in jedem Fall mehrere Kanister mit Wasser und eine Gartendusche an Bord gewesen.

Die Fahrt verlief friedlich, der Großteil der Mannschaft döste vor sich hin und erst auf der Dorfstraße nach Finkenbach wurden wir von freundlichen Polizisten angehalten, die um einen Blick in den Kofferraum baten und unsere Ausweise sehen wollten. Von der Rückbank ertönte vom Django ein lahmes „Och, nee, den habe ich nicht dabei" als er in seinen Brustbeutel blickte. „Das geht ja gut los", schoss es mir durch den Kopf. Die Beamten ließen sich seinen Namen geben und verbrachten einige Zeit in ihrem Einsatzwagen. Wir durften schließlich weiterfahren, nachdem Julian die Frage, ob wir etwas „dabei"hätten, verneint hatte.

Ich war verwirrt. Natürlich hatten wir etwas dabei: Schlafsäcke, Iso-Matten, zwei Zelte...

Die Autos durften nicht mit auf das Konzert- und Campinggelände genommen werden, so dass wir alles mitschleppen mussten, was wir dort benötigen würden. Als ich grad noch anderen Festivalsteilnehmern dabei zusah, wie sie ihre Bierkisten bei 30 Grad im

Schatten in den nahgelegenen Bachlauf stellten, fiel mein Blick aus den Augenwinkeln auf Julian, der sein Brillenetui aus meinem Handschuhfach nahm, obwohl er gar keine Brille trug. Er blickte kontrollierend hinein. Dort lag eine nicht ganz unerhebliche Menge von diesem braunen Zeug, welches er und seine Kumpel sich so gern in die Zigaretten krümelten. Mir brach zusätzlicher Schweiß aus. Aaaah, in meinem Auto! – dann zählte auch Kalle auf, was er alles so am Mann trug.

Auf was hatte ich mich da bloß eingelassen!

Julian und ich quetschten unser Iglo-Zelt zwischen ein Ein-Mann-Zelt und ein Areal, welches von einer Gruppe angetrunkener Studenten belegt wurde, von denen viele Rasterlocken trugen und in sehr farbigen Klamotten steckten. Vor ersterem saß ein Bart tragender, grauhaariger älterer Herr, der aussah wie Catweazle. Der Alte hockte vor einem Hexenkessel, der auf einem Holzkohlefeuer hing und rührte ab und zu darin.

Ich wähnte mich im falschen Film, in Narnia oder zumindest einer längst vergangenen Zeit; sah ich mich hier doch von real existierenden Klischees umgeben. Ich zwang mich zu einer gelassenen Haltung, da alle um mich herum einen sehr gechillten Eindruck machten.

Nachdem wir die mitgebrachten Brote verzehrt hatten, sah ich mir erste Bands auf der eher kleinen Bühne an. Hatte ich im Vorfeld noch auf rockige Unterhaltung gehofft, wurde ich bald eines Besseren belehrt. Reggae, Krautrock und Scar wechselten sich ab mit Klangschalentönen und anderen experimentellen Hörerlebnissen. Keine Ahnung, wie ich den Abend überstand, aber die Nacht mit Julian entschädigte mich immerhin etwas.

Am nächsten Vormittag schien das Tal unter einer Dunstglocke zu liegen. Die Luft roch überall süßlich, einige Feuer züngelten noch und erste Gestalten krochen aus ihren Zelten. Der ältere Mann saß mit nacktem Oberkörper schon wieder – oder immer noch – an seiner Feuerstelle. Es wurde wieder ein sehr heißer Tag. Bevor ich anfangen konnte, mich selbst nicht mehr riechen zu können, schlug Julian vor, in das Freibad zu gehen, welches oberhalb des Geländes lag. Auf dem Weg dorthin nahmen wir ein kleines Frühstück in der Bäckerei ein, so dass sich meine Laune besserte. Wir verbrachten den halben Tag mit Schwimmen und Faulenzen. Am Ende duschte ich noch ein Mal ausgiebig, sozusagen auf Vorrat, bevor ich das unter einem blauen Nebel liegende Campinggelände wieder betrat.

In der zweiten Nacht schlief ich noch tiefer als in der ersten, wahrscheinlich war ich passiv betäubt - hatte ich doch an keiner Zigarette gezogen, geschweige denn an einem Joint. Die Heimfahrt verlief ohne besondere Vorkommnisse und als ich Julian absetzte, verabschiedete ich mich in dem Glauben, ich sei nun seine feste Freundin. Eine Freundin, die am nächsten Tag mit ihrem Motorrad in ihren Sommerurlaub nach Wien aufbrach, wo sie einige Tage mit Kultur und Co verbrachte.

Nach meiner Heimkehr wunderte ich mich, dass Julian so selten anrief und auf kein Treffen drängte. Ich blieb in den Telefonaten, die stets von meiner Seite ausgingen, zurückhaltend, wollte ich ihn doch nicht bedrängen. Er erzählte, dass er meinen Ohrring beim Zelt lüften in einer der Ecken gefunden habe, sprach jedoch keine mögliche Übergabe an. Als nach drei Wochen die Gespräche immer noch seicht dahinplätscherten und von seiner Seite weder ein Besuch bei mir angekündigt wurde noch eine Einladung von ihm an mich erfolgte, platzte mir der Kragen. Ich schrie Julian durch den Hörer an und äußerte, welche Worte ich eigentlich von ihm hören wollte und was ich mir vorgestellt hatte.

Etwas kleinlaut rückte er damit heraus, dass er in der Zwischenzeit eine tolle Frau kennengelernt habe, mit der er bereits mehrfach im Kino gewesen sei und die er gern näher kennen lernen wolle.

Schock! War ich so naiv gewesen, Körperkontakt als Liebesbeweis einzustufen? Wie konnte er alles so locker nehmen?

Im Nachhinein dachte ich oft, dass es wohl nur gerecht war, dass ich selbst mal in die Situation einer Abgewiesenen gekommen war. Denn dieses Mal hatte ich Gefühle investiert und konnte nachvollziehen, wie es vielleicht dem einen oder anderen Mann mit mir ergangen sein musste.

Ich tröstete mich mit dem Gedanken, dass sich mit Sicherheit nicht jeder in mich verliebt hatte. Auch wenn einige die drei magischen Worte geäußert oder mich mit Kosenamen angesprochen hatten. „Schatzi" oder „Maus" waren meiner Ansicht nach austauschbar und kein Garant für eine innige Verbundenheit.

Intermezzo II

Ein wirkliches Risiko habe ich bei meinen Unternehmungen zur Partnersuche nie gesehen, vertraute ich doch auf meine Menschenkenntnis und den gesunden Menschenverstand. Handgreiflichkeiten in Form von Übergriffen oder sexueller Gewalt erlebte ich in all den Jahren nicht.

Aber ich kam nicht umhin, mir nach und nach eine Meinung zu verschiedenen sexuellen Vorlieben zu bilden, die mir im Laufe der Zeit oder im Netz begegneten. Einige davon hatten mit Dominanz, Macht, Ausgeliefert sein, Schmerzempfinden und vielem zu tun, was mir im mittleren Bürgertum lebend nur schemenhaft bekannt und schon gar nicht leibhaftig begegnet war.

Ob meine Unkenntnis am Mauerblumen-Gen der Jugend gelegen hatte oder dem Kleinstadtleben...? Jedenfalls gehörte die Abteilung BDSM mit Lack und Leder, Peitsche und Andreaskreuz für mich in die untere Ecke eines Schmuddelregals. Damals war die Shades-of-Grey-Serie noch nicht erschienen, so dass die Gesellschaftsfähigkeit des Themas sowieso noch völlig außer Frage stand.

Es war also nicht verwunderlich, dass ich als Frischling im Netz bei für mich anrüchig anmutenden Angeboten in den Singlebörsen vom Stuhl aufsprang und im ersten Schreck zwei Meter vom Bildschirm zurücktrat. Einige Männer waren der Meinung, sie hätten in meinem Single-Profil oder auf meinem Foto eine gewisse Dominanz wahrgenommen. Eine solche wies ich immer weit von mir und teilweise blockierte ich diese Sorte Mann, wenn er sich nicht nach einer ersten Absage abwimmeln ließ. Bei Fußfetischisten war dieses nie nötig, sie fragten stets sehr höflich an und zogen sich schnell wieder zurück, muss ein sanfter Menschenschlag sein.

Nachdem ich im Netz etwas versierter unterwegs war und Swingerclubs nicht mehr für Lokale im Stil der Zwanziger Jahre hielt und wusste, was der Ausdruck devot bedeutete, mündeten einige meiner Schreibkontakte aus Neugier in nächtliche Telefonate.

Bei den Gesprächspartnern handelte es sich durchweg um Männer, die mich sprachlich, kommunikativ und intellektuell erfreuten und manchmal sogar herausforderten. Außerdem wohnten sie sehr, sehr, sehr weit weg... Mit gut 1000 km zwischen ihnen und mir fiel es mir nicht schwer, mit ihnen anonym über die Sexualität von Mann und Frau zu reden.

Ich machte fast nur positive Erfahrungen und am Ende der Telefonat-Sessions legten beide Seiten mental befriedigt mit einem win-win-feeling den Hörer auf – um einige Ansichten des andren Geschlechts reicher.

Es war spannend, von außergewöhnlichen Dating-Formaten und Verabredungen zu erfahren, lustige Anekdoten aus Männersicht zu hören und sich über sexuelle Praktiken auszutauschen. Jede Seite bekam die Gelegenheit, Fragen zu stellen und ehrliche, wenn auch subjektive Antworten zu bekommen. Eine Bereicherung.

Lediglich ein einziges Mal versuchte ein Hardcore-BDSMler mich zu überzeugen, mit ihm in einen einschlägigen Club zu gehen. Frei nach dem – im Netz ohnehin beliebten Motto: Alles kann, nichts muss - war er der festen Überzeugung, in mir schlummere der heimliche Wunsch nach einer dominanten Rolle – ich wüsste das bloß noch nicht und müsste dieses unbedingt austesten.

Nachdem ich gleich von Beginn des Gesprächs als Person gefestigt daherkam, schlug er ein von ihm ersonnenes Frage-Antwort-Spiel vor. Nachtigall, ich hör Dir trapsen, dachte ich, von mir selbst überrascht, stieg aber ein und spielte eine ganze Weile mit, da ich doch neugierig geworden war, worauf er hinauswollte. Aber seine Mission scheiterte offensichtlich. Irgendwann kippte die Situation, seine Stimme wurde weinerlich, er begann zu flehen, ich möge ihn doch bitte, bitte treffen. Ich sah dazu überhaupt keine Veranlassung und teilte ihm dieses auch direkt mit. Gegen Ende des Gesprächs hatte ich den Eindruck, er wolle am liebsten im übertragenen Sinn mit der Telefonschnur von mir ausgepeitscht werden – die es damals aber schon nicht mehr gab.

Schmerzhafte Erfahrungen am eigenen Körper erlebte ich - selbst verschuldet - nur ein einziges Mal in einem Urlaub auf einer vier Flugstunden entfernten sonnigen Insel. Als alleinerziehende Mutti wählte ich einen All-Inclusive-Tempel, denn das sollte die Raubtierfütterung laut Anraten einer Kollegin leichter machen, wenn man zwei Kinder im Gepäck hatte.

Als ehemalige Bafög-Empfängerin, die bei Lebensmitteln immer sehr sparsam gewesen war, konnte ich es trotz der üppigen Hauptmahlzeiten nicht lassen, doch auch mal am Kuchenbuffet am Nachmittag herumzutrödeln. Hinter der Tarnung „die armen Kinder könnten ja verhungern", schielte ich im Licht durchfluteten Speisesaal nach den Törtchen und Teilchen in der Auslage. Nach dem zweiten Tag wusste ich, dass spanische Süßspeisen selbst mir Leckermaul eine Spur zu klebrig waren und beschränkte mich vernünftig und bescheiden auf einen Cappuccino.

Als ich mit meiner Tasse durch die offenen Glastüren auf die Terrasse schlenderte, sprach mich ein Mann auf meine Sportschuhe an, die er völlig korrekt regelmäßigem Laufen zuordnete. Er selbst trug ein Poloshirt und Shorts, hatte bereits ergrautes Haar und verströmte den Charme eines Tennislehrers. Geschmeichelt, dass er mir offensichtlich die Sportlichkeit zuerkannte, die ich mir gern als Attribut auf die Fahnen schrieb, plauderte ich mit ihm über die Beach-Möglichkeiten auf der Insel.

Ich gestand ihm, dass ich mir nicht zutraute, mit einem Mietwagen und zwei kleinen Kindern durch die Gegend zu schaukeln. Jakob bot mir kurzerhand an, mich und die Jungs am Folgetag mit an einen FKK-Strand zu nehmen. Supi, dachte ich, mal einen anderen Ort sehen als den Inselabschnitt mit dem höchsten Touristenaufkommen. Nackte Tatsachen konnten mich nicht abschrecken und als geübte Saunagängerin sah ich bei meinem Gegenüber auch keine niederen Beweggründe für das Angebot.

Auf dem Ausflug tauschten wir uns über allerhand interessante Themen aus, warfen eher zufällige Blicke auf den Körper des jeweils anderen und sparten das Thema Partnerschaft und Sexualität gänzlich aus. Ich zog nicht ernsthaft in Betracht, mich mit diesem doch etwas dominanten, älteren, Brusthaar bewachsenen Mann einzulassen. Jakob wirkte körperlich insgesamt massiv, aber definiert, was gut zu seiner Frauenhandball-Trainertätigkeit passte.

Da ich nicht jeden Abend zeitgleich mit meinen Kids auf dem Zimmer verschwinden wollte und eine „Cocktail-Flat" im Reisepreis enthalten war, war ich froh, mich nun wenigstens mit einer erwachsenen Person in der kleinen Poolbar unterhalten zu können.

Tja, ob es am Alkohol oder der Einsamkeit des Single-Lebens gelegen hat, weiß ich bis heute nicht. Aber Jakobs höflich hervorgebrachter Satz „Wenn ich nicht so angetrunken und dieses meine letzte Nacht auf der Insel wäre, fände ich es vermessen, Dir gegenüber zu äußern, dass ich nicht zu hoffen wage, mit einer so attraktiven jungen Frau wie Dir die Nacht verbringen zu dürfen" verfehlte seine Wirkung auf mich nicht und so schlich ich weit nach Mitternacht durch die Anlage, um ein kleines Abenteuer zu wagen.

Leider eines, was ich als einziges aller meiner Eskapaden wirklich bereute - als ich meinen Körper am nächsten Tag im Spiegel sah! Jeglicher Besuch eines FKK-Strandes erübrigte sich angesichts der blauen Flecken, die sich als deutliche Fingerabdrücke eines Handballers auf viel zu kleinen Bällen abzeichneten.

Jakob hatte sich als dominanter Silberrücken entpuppt, der klare Positionsansagen gewohnt war und kräftig zugriff. Es schien ihn zudem etwas wütend zu machen, dass ich nicht wirklich auf Touren kam, aber durch sein eher unsensibles Vorgehen blieb die Situation für mich fremd und unkontrollierbar, so dass ich als Frau im übertragenen Sinn wirklich „keinen hoch bekam". Mir fehlte einfach jegliche Form von Vertrauen, Sinnlichkeit und Sicherheit.

Nachdem ich außerdem von ihm erfahren hatte, dass er schon öfters Beziehungen mit sehr viel jüngeren Frauen gehabt hatte und uns altersmäßig fast ein Vierteljahrhundert trennte, machte ich fortan einen sehr weiten Bogen um diese Marke von Mann. Vorurteile und Schubladendenken hin oder her: Ich war mir ziemlich sicher, dass dieses Verhalten kein Einzelfall war.

Unwohlsein bei Dates verspürte ich im Grunde nie. Ich vertraute stets auf meine Menschenkenntnis und entlockte den Männern in Vorgesprächen am Telefon bereits ausreichend Informationen, mit denen ich mich abgesichert fühlte.

Trotzdem gab es Situationen, die leicht gruselig anmuteten: So traf ich an einem Winterabend an der Edersee-Talsperre einen Bankangestellten, der sich als Segen für unbefriedigte Frauen in der Zeitung angepriesen hatte. Bei seiner Ankunft sah ich trotz vorherrschender Dunkelheit ein weißes Hemd hinter seinem Fahrersitz hängen. Ein Indiz für den Wahrheitsgehalt seiner Jobangabe. Check.

Im nächsten Moment bat er mich, ich solle mich bitte unter die Laterne stellen, damit er mich besser betrachten könne. Ein Gefühl von Fleischbeschau und Sklavenmarkt beschlich mich. Nach einem Heißgetränk in der nahgelegenen Gastronomie habe ich mich schnell verabschiedet und den selbst nicht besonders ansehnlichen Mann nie wieder getroffen.

Genauso verfuhr ich mit einem Date vor dem Kellerwaldzentrum, bei dem mir ein Weidmann in seinem Allradauto zur Begrüßung mit dem Satz: „Du siehst ja viel besser aus als erwartet" begegnete. Gleiches konnte ich nicht zurückgeben, schreckten mich seine gelben Zähne, der Gamsbarthut auf dem Rücksitz und seine Gesichtsbehaarung doch zu sehr ab. Hinzu kam seine von sich eingenommene Art, die mich neben der olfaktorischen Gesamtbelästigung zunehmend aggressiv werden ließ. Der Geruch nach nassem Hund in seinem Jeep, gesteigert durch den Mundgeruch des Mannes ließ mich erschauern und flach atmen. In der Unterhaltung nahm ich kein Blatt vor den Mund, ließ meinen weiblichen Chauvinismus raushängen und äußerte Kritik an der Art und Weise, wie er seine Frau hinterging. Als er merkte, dass ich mich nicht weiter auf ihn einlassen würde, hielt er mir vor, dass ich ein viel zu hohes Selbstbewusstsein für eine Frau hätte.

Er hatte offensichtlich noch nichts davon gehört, dass Chauvinismus keine allein männliche Eigenschaft ist, sondern lediglich der Glaube an die Überlegenheit der eigenen Gruppe. In meinem Fall sah ich da weniger eine Überlegenheit gegeben, sondern eher die Forderung von gleichem Recht und Handlungsspielraum für beide Geschlechter.

Dritter Akt

Ungleichgewicht

Meine Erlebnisse und Dates gewährten mir Einblicke in das Leben von Männern der unterschiedlichsten Berufssparten. Ich begann immer mehr darüber nachzudenken, mit welcher Sorte Mann ich am besten klarkommen könnte.

Die Werksarbeiter und Handwerker waren zum Großteil wirklich nette Menschen.

Es gab hierbei jedoch eine Tatsache, die sich fast immer negativ auf die Beziehungssuche auswirkte: In der Regel verdiente ich mehr Geld als die Männer, die ich traf. Das hatte nicht automatisch Futterneid zur Folge, doch blieb ein gewisses Ungleichgewicht, was nicht jedem behagte.

Sehr gut spürbar wurde dieses immer am Ende eines Essens, wenn die Rechnung an den Tisch kam. Zog der Mann selbstverständlich seine Geldbörse, bekam ich ein schlechtes Gewissen, zog ich Geld aus der Tasche, wirkte ich vielleicht auf manchen zu dominant. „Fifty-fifty" ist durchaus eine gute Entscheidung, um diese Klippe beim ersten Date zu umschiffen, da man oft ohnehin noch nicht genau weiß, wohin die Reise geht... Doch wer spricht die Situation als erstes an? Wie tickt mein Gegenüber? Es kann sein, dass er denkt, ich nutze ihn aus, wenn ich ihn bezahlen lasse. Soll ich zögern, nicht zögern? Gibt es überhaupt einen Königsweg, den eine Frau hierbei beschreiten kann? Einen Mann, der von sich aus soweit denkt und den „Bezahlvorgang" vorausschauend selbständig von sich aus anspricht, habe ich damals nie getroffen.

Auch das Thema „Unterrichtsfreie Zeit", sprich: Ferien, führte das ein ums andere Mal zu Diskussionen. So nehmen viele Menschen mit ihrem eindimensionalen Blickwinkel ganz selbstverständlich an, Ferien seien für Lehrpersonen komplette Freizeit. Mehr als ein Mal wunderte sich Mann, wenn ich das Wochenende für ihn nicht komplett nutzen konnte, weil mein Schreibtisch nach mir verlangte.

In meiner Naivität nahm ich das finanzielle Ungleichgewicht zwischen mir und den Männern nicht wirklich wahr, bis mir endlich ein sehr freundlicher Elektriker, mit dem ich eine nur kurz dauernde Liaison hatte, einen deutlichen Hinweis gab. Ich schnuddelte fröhlich am Telefon, unser gemeinsames Wochenende verplanend in Endlosschleife über Kino und Essen gehen und die damit verbundene zeitliche Abfolge.

Als Erik endlich zu Wort kam, teilte er mir nüchtern mit: *„Es geht nur eines davon."* Es folgte eine Stille in der Leitung, denn meine Hirnwindungen arbeiteten noch an seiner Aussage, als er fortfuhr: *„Es ist Monatsende. Die Kohle reicht nur für das Kino oder das Essen gehen."*

Wow, das bewies, dass Erik Größe zur Ehrlichkeit besaß und auch nicht vorhatte, sich auf meine Kosten einen schönen Abend machen zu wollen. Er erklärte mir, welche Fix- und Reparaturkosten aufgrund seines geerbten, aber maroden Häuschens monatlich auf ihn zukamen. Diese Begebenheit holte mich auf den Boden der Tatsachen.

Meine Beziehung zu diesem netten Mann scheiterte letztlich jedoch weniger an einem Ungleichgewicht im Geldbeutel, sondern aus meiner Sicht an einer nicht kompatiblen Kommunikation. Jede zweite meiner Kurzmitteilungen verstand Erik nicht vollständig und häufig kamen seinerseits Rückfragen, die mir nach einiger Zeit ausgesprochen auf die Nerven gingen. Drückte ich mich denn so unverständlich aus? Bei den Kosten für eine Sms von 128 Zeichen nutzte ich diese stets aus und liebte es, bis zu drei Informationen darin unterzubringen. Oftmals zu viel für die Männerwelt.

Die kurze Zeit mit Erik war trotz allem eine schöne, wie ein Auszug aus meinem Mailverkehr belegt, den ich mit einem guten Bekannten über ihn im Netz führte:

„Das Treffen mit Erik, dem Elektriker war ziemlich klasse. Keine Ahnung, was da funkt, aber es funkt und funktioniert auch mit der Chemie ganz prima. Er ist gut gebaut, schön griffig und für erste Male absolut über dem Schnitt, da per Gespräch doch schon wesentliche Fäden gespannt sind, die Frau nicht mit jedem so schnell ziehen kann.

An Feinheiten kann natürlich gearbeitet werden, aber ich halte mich mit den Infos über meine Sexualität ihm gegenüber erstmal zurück, will mal sehen, wieviel er von selbst heraus finden kann.
[...]

Außerdem bin ich mir noch nicht sicher, ob er mehr der Geber- oder Nehmer-Typ ist. Aber es erstaunt mich schon, dass ein Mann, der die Hälfte seines Lebens geraucht hat, über eine durchschnittliche Kondition, eine gute Beweglichkeit und ein ausgesprochen gutes "Wiederholungselement"verfügt. Von wegen, Rauchen mache impotent... Jedenfalls freue ich mich auf die Fortsetzung (vertikal, horizontal, diagonal). So, wir verlassen die Absätze mit der Altersbeschränkung ab 18 Jahre.

Das einzig wirkliche Manko, das Rauchen... er raucht nie in meiner Gegenwart und zieht meistens nur vor dem Schlafengehen und Frühstück eine Zigarette im Flur durch, aber seine Bude hat trotz Lüften einen Muffel-Touch und der Qualm vorm Frühstück macht dieses nicht grad appetitlicher. Aber für einige Stunden ist das durchaus auszuhalten. Das Schlafzimmer ist nett eingerichtet, die

Bettwäsche duftet frisch gewaschen. Er selbst riecht bisher nicht unangenehm. Aber du hast schon recht, ist ne echte Einschränkung und könnte später vielleicht mal der kasus knaktus werden."

Tatsächlich war das Rauchen im Nachhinein betrachtet ebenso wenig die Soll-Bruch-Stelle wie Eriks geringer Verdienst.

Ein unterschiedlicher Bildungsstand, der finanzielle Hintergrund oder besondere Lebensumstände waren für mich sekundär, wenn ich mit einem Mann gemeinsam Zeit in Aktion verbrachte oder ihn nur kurzzeitig in der Gegenwart erlebte. Hierfür waren Intelligenz, Berufsbild, Parteiangehörigkeit, Religion oder Status von untergeordneter Bedeutung.

Für das Gelingen einer dauerhaften, ernsthaften Beziehung, die in der Regel mehr Facetten des Lebens als nur die nackte Haut berührte, - dass erkannte ich leider erst viel später,- waren jedoch vielmehr Gemeinsamkeiten als Unterschiede erforderlich. Gemeinsamkeiten in grundsätzlichen Ansichten, Haltungen und Werten.

Die Ehefrau auf dem Fußballplatz

Nachdem ich bereits einige Dating-Erfahrung gewonnen hatte, traf ich auf dem Rosenmarkt in Hannoversch-Münden auf einer meiner Touren einen vielversprechenden Motorradfahrer, der in etwa das Modell fuhr, welches ich mir selbst unter den Hintern wünschte.

Michael war schön groß, schlank, sportlich und Nichtraucher. Beim Schlendern über den Markt in der historischen Altstadt ließen sich bereits gegenseitige Sympathie feststellen und meine Antworten auf seine wenigen Fragen fanden seinerseits Beifall. Dieser gelungene Start war der Beginn einer immerhin über acht Monate dauernden Partnerschaft.

Hatte ich mich zuvor gewundert, warum Michael mich fragte, ob ich immer Schwarz trage – was beim Motorrad fahren einfach praktisch ist - und wie ich zu Mineralien und Steinen stehe, wurde ich bei dem ersten Besuch in seiner Wohnung im tiefsten Eichsfeld aufgeklärt: Seine Ex-Frau hatte einen leicht esoterisch-depressiven Lebensstil an den Tag gelegt. Sie kleidete sich entsprechend konsequent düster und überall auf den Regalen, dem Balkon und in der Wohnung fanden sich Elfen-Figuren, Kristalle und Drusen. Sogar im Schlafzimmer unter dem Doppelbett hatte sie eine schwarze kleine Pyramide geparkt..., ob diese bei der Verhütung oder Fruchtbarkeit helfen sollte, erschloss sich mir nicht - Potenzförderung war meiner Ansicht nach jedenfalls nicht das Problem, welches mit diesem Accessoire behoben werden musste.

Die Wohnung verfügte über eine sehr neuwertige Einbauküche, war hell und großflächig gestaltet und ansprechend möbliert. Nur der gläserne Couchtisch stellte eine kleine Scheußlichkeit dar, war er doch mit Serviettentechnik durch goldgelbe Sonnenblumen entstellt worden. Da Michael insgesamt eher wenig redete und ich ihn nicht ausfragen wollte, fand ich nie heraus, welche Anteile des Wohnambientes in ihrer Gesamtgestaltung ihm oder seiner Frau zu-

zuschreiben waren. Immerhin war es diesem Umstand zu verdanken, dass ich zu Beginn der Beziehung am liebsten Sex im Bad hatte. In diesem hellen, unbelasteten Raum entdeckte ich im Einklang stehend mit Michaels Flexibilität, Neugier und Bewegungsfreude vielfältige Möglichkeiten zur Nutzung des Badewannenrandes.

Nachdem ich alle kitschigen – und wohl auch kostspieligen – Hummelfiguren in einen Umzugskarton umgelagert und den Tisch wie zufällig mit meinem Privatkram bedeckt hatte, war die Bude wirklich hübsch, so dass ich mich gern dort aufhielt. Eine Glasvitrine mit abendlicher Beleuchtung ließ ich unberührt. Die darin befindlichen Gesteine und Drusen verströmten eine lila angehauchte Atmosphäre, die nicht nur akzeptabel, sondern erstaunlich angenehm war.

Jedes zweite Wochenende nahm ich mir bei Michael eine kleine Auszeit und genoss mit ihm Ausflüge, Essen gehen, Badminton spielen und Saunabesuche in einer nahgelegenen Freizeitoase. Es störte mich nicht, dass Michael bereits am dritten gemeinsamen Samstag bei einem Kleinstadtjuwelier ein Paar goldener Ringe für uns anfertigen und gravieren ließ. Aus meiner Sicht waren es Freundschaftsringe und ich hoffte, dass er das genauso sah.

Es freute mich, dass mein Partner in der örtlichen Altherrenmannschaft Fußball spielte, denn ich hoffte, dass sein schlanker Körper dadurch niemals Fett ansetzen würde, was ich mit Sorge bei vielen Menschen unserer Altersklasse wahrnahm. Obwohl ich „Vereinsmeierei" immer abgelehnt hatte, war ich nun gern bereit, als Beiwerk am Spielfeldrand zu fungieren. Bei den auf dem Sportplatz anwesenden Damen handelte es sich durchgängig um adrette Familienmuttis, die Kuchen backten und ihre Männer beklatschten. Ich wähnte mich in der sicheren Position einer Wochenendbeziehung ohne Verpflichtungen, als mich eine Spielerfrau ansprach: „Du bist also die Frau von Michael, wie schön, dass ich Dich endlich mal kennen lerne!"

Upps, ich fiel aus allen Wolken. Ehefrau! Ich! Neee. Ich stellte die Sachlage schnell klar und fragte Michael später, wie das hatte passieren können, er lebte doch schon zwanzig Jahre in dem Dorf. Er erklärte mir, dass er erst im letzten Jahr mit dem Fußball spielen begonnen hätte, weil er zuvor nie Zeit gehabt habe.

In seiner Ehe hatte der Mann tatsächlich sämtliche Freizeit in den Ausbau der eigenen vier Wände gesteckt oder bei Bekannten Dachdecker- und Gelegenheitsarbeiten angenommen, um seiner unglücklichen Frau jeden noch so kostspieligen Wunsch zu erfüllen. Dabei verdiente Michael als Vorarbeiter in einer großen bekannten Elektro-Firma nicht schlecht, aber wohl nicht ausreichend, um hässliche Figuren und Steine zu kaufen.

Sie selbst ging aufgrund von Depressionen lange Zeit nicht arbeiten und später fremd, was sie damit rechtfertigte, dass ihr eigener Mann ja nie Zuhause war.

Ich gönnte Michael, dass er sein Leben mit mir an seiner Seite nun stärker nach seinen Interessen ausrichten konnte. Dazu gehörten auch unsere Besuche bei einem befreundeten, netten Paar, das in einem Nachbarort wohnte. Es begrüßte mich freudig und wir redeten, als würden wir uns schon ewig kennen. Die Unterhaltungen mit den beiden waren interessant und so fiel mir zunächst nicht auf, wie wortkarg mein eigener Partner war.

Waren wir das Wochenende bei mir, verbrachten wir es in einer Mischung von Familienleben, Freizeitgestaltung und Arbeiten im und am Haus. Dabei betonte ich immer, dass ich keinen Hausmeister, keinen Vater für meine Kinder und keinen Gärtner suchte. Michael beteuerte, dass er all die kleinen Gelegenheitsarbeiten, Reparaturen und das Rasen mähen gern für mich erledige, so hätte ich ja dann im Umkehrschluss mehr Zeit für ihn. Mit diesem Deal war ich einverstanden, denn so konnte ich parallel notwendige berufliche Dinge abarbeiten und wir pegelten uns gut ein, ohne dass ich ein schlechtes Gewissen bekam.

Die Gespräche, die wir ohne das Beisein anderer führten, waren meines Erachtens immer etwas schnell erschöpft und fast ein bisschen langweilig, da von seiner Seite kaum inhaltliche Beiträge kamen. Die gemeinsamen Aktivitäten jedoch entschädigten in meinen Augen die zwischen uns herrschende mangelnde Kommunikation.

Etwas spooky fand ich es allerdings schon, dass er nach dem Sehen eines komplexen Kinofilms auf meine Frage, wie ihm der Streifen gefallen habe schlicht mit „Gut" antwortete. Mir lagen Bemerkungen über die verrückten Perspektivwechsel, die Kameraführung, die schauspielerische Leistung, die Charaktere und die ungewöhnliche Filmmusik auf der Zunge. Ich schluckte sie hinunter.

Nach einiger Zeit bemerkte ich, dass mir etwas fehlte und meine positiven Gefühle nebst Sex-Appeal des Mannes etwas in den Hintergrund rückten. In mir kamen Bedenken für den bereits im Frühjahr gemeinsam verplanten Sommer auf. So naiv und begeistert wie ich anfangs von Michael war, hatten wir frühzeitig einen Mallorca-Urlaub zu zweit gebucht.

Und nicht genug: Ich hatte ihn dummer Weise auch schon auf einen zehntägigen Familientrip mit meinen Kindern eingeladen. Das Bereisen der Mecklenburger Seenplatte und der Ostseeküste war von mir geplant und bereits organisiert worden. Alle drei Tage wechselten wir die Herberge und von einem Familienzimmer ins nächste. Die Tour wurde zwar nicht zum Desaster, doch offenbarte sie weitere „Nicht-Gemeisamkeiten". Ich war froh, mich hinter der Mutterrolle verstecken zu können, denn bereits nach zwei Tagen meinte Michael, ich würde ihm zu wenig Aufmerksamkeit zu teil werden lassen. Ich meinerseits fühlte mich wie ein alleiniger Organisationsmanager und hätte mir mehr Initiative von ihm gewünscht.

Mir fiel auf, dass Michael Kontakt zu Fremden vermied. Wann immer es zu Unterhaltungen mit Erwachsenen kam – er beteiligte sich nie daran und stand leicht abweisend und stumm neben mir, während ich mich mit anderen austauschte. Eines Tages sprach ich ihn darauf an und seine Antwort war: „Ich habe mein ganzes Leben nur gearbeitet, bin nie gereist, habe keine Hobbies gehabt und habe dadurch von vielen Themen keine Ahnung. Ich spreche keine Fremdsprachen, war nie im Ausland und ehe ich von etwas rede, mit dem ich mich nicht auskenne oder Mist erzähle, sage ich lieber gar nichts."

Wow, so viel hatte er noch nie von sich an einem Stück erzählt! Diese Selbstreflexion hatte ich ihm nicht zugetraut und so gab ich mich vorerst zufrieden, wohlwissend, dass auch der noch folgende Urlaub auf der Insel mit dem heißen Sand nicht einfach werden würde.

Es wurde schlimmer – langweilig hoch drei. Wir lernten weder andere Paare oder Menschen zum Unterhalten kennen, noch hatten wir uns selbst viel zu sagen. Erschwerend kam hinzu, dass ich ihn körperlich zwar nicht gänzlich abstoßend fand, doch ihn nicht mehr so gut riechen konnte wie zu Beginn der Beziehung. Seufz. Tischtennisspielen am Abend scheiterte aufgrund des Windes und für Tennis war es viel zu heiß. Das Herumliegen am Strand wurde zum täglichen Programm und ich empfand es als fast unerträglich.

Beim Spazieren auf der Promenade begann ich, ihn auf Frauen aufmerksam zu machen, die attraktiv aussahen. Weniger, um mehr über seinen Geschmack herauszufinden oder ihn aus der Reserve zu locken, sondern als Zeitvertreib. Ich wies ihn darauf hin, dass es doch viel besser zu ihm passende Frauen geben könnte als mich. Reflektiert wie ich war, fiel mir beim Nachdenken auf, dass ich hiermit in übliche Strategien zurückfiel, die den Anfang vom Ende markierten. Oh nein, aber was sollte ich tun? Ich war unglücklich und hatte den Drang, etwas an der Situation zu ändern.

Nachdem mir dieses klar geworden war und ich auf die vielen Dates der letzten Jahre zurückblickte, die mir alle nicht die erhoffte Partnerschaft geschenkt hatten, beschloss ich, rational an die

Sache heranzugehen. Zeit hatte ich im Überfluss, auf dieser Insel gestrandet. Ich wollte ergründen, warum meine Beziehungsversuche nicht funktionierten, um vielleicht einen besseren Plan für die Zukunft zu machen. So entwickelte ich das im späteren Teil des Buches vorgestellte Tortendiagramm.

Doch noch hatte ich Michael an der Backe und keine Ahnung, wie ich aus diesem Film heraus rauskommen sollte. Sämtliche Zaunpfähle mutierten zu Laternenmasten, doch er sah sie nicht und war mit unserer Beziehung weiterhin zufrieden. Ich war noch zu feige und hoffte, wenn erst die Hitze des Sommers schwand, würden mir Herz, Bauch und Verstand schon den richtigen Weg aufzeigen.

Außerdem hatten wir uns als Paar für eine Wochenendfahrt mit dem Fußballverein angemeldet. Diese hatte ein Freundschaftsspiel in der Nähe der holländischen Grenze zum Ziel und ich wünschte mir, Michael wenigstens Mal im Gespräch mit seinen Vereinskameraden zu erleben. Die Trinkerei auf der Hinfahrt hielt sich in Grenzen, doch begriff ich alsbald, was es mit solchen Fahrten auf sich hatte. Alkohol bis zum Umfallen!

Es war mir unbegreiflich, wie erwachsene, vermeintlich sportliche Männer sich bereits in der Halbzeit so viel Bier in den Schlund schütten konnten. Und es blieb natürlich nicht beim Bier im weiteren Verlauf des Abends. Mehr als Smalltalk und zotige Bemerkungen ließen sich mit den Anwesenden nicht austauschen. Statt mitzufeiern, wie ich es ursprünglich vorgehabt hatte, bekam ich Kopfschmerzen und mir graute vor der Rückreise am Folgetag, da auch die Damen immer lauter, schriller und übermütiger wurden. Sie saßen ab Mitternacht auf dem Hotelflur, jede mit einer Sektflasche im Anschlag und prosteten sich bis zum Morgengrauen zu.

Am Folgetag saßen der Fahrer, Michael und ich als einzige Personen nüchtern auf unseren Plätzen. Ich wollte auf der feuchtfröhlichen

Rückfahrt keinen Alkohol trinken, da ich Karten für ein Rockkonzert in Göttingen hatte. Es wurde gejohlt und gesungen, ich fühlte mich in die Zeit von Schulwanderfahrten zurückversetzt und hoffte, dass der Graus bald vorüber sein würde. Der Vereinsvorstand verkündete, dass ab sofort alle Getränke, die der Verein noch mit sich führte, kostenfrei seien. Da gab es kein Halten mehr. Die Pinkelpausen fanden aufgrund des Harndrangs der Biertrinkenden immer häufiger statt. Unpraktischer Weise befand sich ein Teil der Schnapsfläschchen im Kofferraum und so wurde der Fahrer genötigt, wiederholt anzuhalten. Die klare Ansage, keiner solle dabei austreten, wurde von einigen mittlerweile leicht aggressiven Mannsbildern missachtet.

Die Fahrt ging weiter und die Frauen stimmten Lieder an. Eine besonders kreative Prosecco-Lerche dichtete die Strophen der Melodie „Vogelhochzeit" geschickt auf anwesende Einzelpersonen um. Es gab Zustimmungen, Blickwechsel und Applaus. Als die Dame einen Vers auf ihren eigenen Mann zum Besten gab, fiel ihr plötzlich auf, dass dieser nicht anwesend zu sein schien. Sie versuchte ihn anzurufen und sein Handy meldet sich kläglich dudelnd zwischen den Sitzen. Oh Schreck, Hartmut musste beim letzten Halt hinter einem der Tannenbäume verloren gegangen sein!

Ich dachte, ich wäre in einem schlechten Roadmovie der 50er Jahre gelandet. Das durfte doch nicht wahr sein! Wir fuhren von der Hauptstrecke ab, wurden an einer Wiese ausgeladen und der Bus machte sich auf den Weg, den Versprengten einzusammeln. In mir brodelte es, aber es blieb mir nichts anderes übrig, als die Situation zu überstehen. Für mich war nach dieser Fahrt klar, dass ich zukünftig keinen Wert auf diese Art von Vereinsleben legen würde. Sämtliche Mitglieder waren bei der abendlichen Ankunft im Heimatort in einem so desolaten Zustand, dass ich mich fragte, wie viele der Eltern ihren Sprösslingen überhaupt aufrecht gegenüberstehen konnten, wenn sie sie bei Großeltern oder Babysittern abholten.

Das Rockkonzert hatte ich verpasst, doch unter dem Strich war ich einfach nur froh, dem Fußballverein den Rücken kehren zu können.

Vier Wochen vor Weihnachten plagte mich mein schlechtes Gewissen enorm, denn ich hatte es immer noch nicht geschafft, den stets freundlichen und sanften Michael davon zu überzeugen, dass wir einfach nicht so richtig zusammenpassen wollten. Als er gerade mal wieder eine meiner Lampen an das Stromnetz anschloss, verdeutlichte ich ihm wiederholt, dass ich das Gefühl habe, ihn auszunutzen. Ich konnte ihm einfach nicht die Zuneigung entgegen bringen, die er verdient hätte. Er bat darum, noch so lang bei mir bleiben zu dürfen, bis ich jemanden anderen gefunden hätte, denn er verbringe so gern Zeit mit mir. Dieser Bitte konnte und wollte ich nicht entsprechen. Ich wollte frei sein – für was auch immer, aber bürgerliche Mittelmäßigkeit war nichts für mich. Zufrieden sein reichte mir nicht. Da hielt ich es schon immer mit Konstantin Wecker „Genug ist nicht genug". Wir trennten uns.

Im darauffolgenden Sommer erstand ich mein Traummotorrad. Da ich neugierig war, wie es Michael nach mir ergangen war und er mich ja immerhin über dieses Hobby kennen gelernt hatte, wählte ich seine Festnetznummer.

Am anderen Ende meldete sich eine gedehnt, lethargisch klingende weibliche Stimme. Katja, die neue Lebenspartnerin von Michael, wie ich erfuhr. Nachdem sie etwas schwerfällig verstanden hatte, warum ich anrief, gab sie mir Auskunft: „Ach ja, ach neee, das Motorrad hat Michael verkauft." Weiterer Smalltalk holperte und scheiterte unter anderem an unterschiedlichen Sprechgeschwindigkeiten. Als wir auflegten war ich sehr zufrieden: Ganz offensichtlich hatte der Mann eine passende Partnerin gefunden. Der Spruch vom Topf und dem Deckel kam mir in den Sinn und ich habe auch nicht explizit um Rückruf gebeten.

Ohne Profil

Nachdem ich Michael noch vor Weihnachten den Laufpass gegeben hatte, da meine Gefühle für ihn nicht tief genug waren, hielt ich zunächst die Füße still. Mein in der Entwicklung befindliches Kreisdiagramm konnte zwar noch nicht als verlässliches Instrument fürs Daten gelten, doch machte es mich darauf aufmerksam, verstärkt auf die von mir gewünschten Attribute bei einem Mann zu achten.

So gelang es mir tatsächlich, Ende Februar einen smarten Tischtennis-Spieler kennen zu lernen, mit dem ich einen Spaziergang um den Twistesee bei aufziehender Dunkelheit unternahm. Nach weiteren Gesprächen via Telefon wagte ich einen neuen Beziehungsversuch, denn der Mann war nicht nur schlank, schön groß und sportlich, sondern auch wirklich nett und kultiviert.

Nennen wir ihn Andi.

Das vorhandene Manko spielte mir bei näherer Betrachtung in die Karten: Er und seine Frau hatten sich nur im eigenen Haus getrennt und nicht offiziell. Das bedeutete, für Nachbarn, Freunde und die Kirchengemeinde war die Familie nach außen hin intakt. Im Klartext: Ich durfte mich mit diesem ansehnlichen Exemplar nicht in der Öffentlichkeit jenseits meines eigenen Wohnorts zeigen.

Hurra, dachte ich innerlich, endlich mal jemand, der nicht gleich seine Möbel anschleppt und mir in meinen vier Wänden ständig auf die Pelle rückt. Die Kehrseite der Medaille: Ich konnte den Mann nicht über seinen Haushalt und sein Lebensumfeld kennen lernen, sondern musste mich allein auf seine Person, seine Eigenschaften und seine Worte bei meiner Einschätzung verlassen.

Vielleicht war das der Grund, weshalb die Beziehung über anderthalb Jahre hielt.

Die Zweisamkeit verteilte sich quantitativ anders als bei den Singles zuvor. Treffpunkte und Urlaube mussten gut geplant sein, da Andi voll berufstätig als Teamleiter in der Automaten-Entwicklung war und im Alltag seine drei bereits älteren Kinder bei den Hausaufgaben unterstützte. Er besaß ein schönes, großes Einfamilienhaus, für dessen Gartenpflege er verantwortlich war. Seine Frau ging nicht arbeiten und war vom gemeinsamen Schlafzimmer ins Erdgeschoss gezogen.

Ein Pluspunkt war, dass es sich dieses Mal um einen Motorradfahrer handelte, der auf seiner BMW eine flotte Figur machte und mit dem ich am Wochenende rund um die Seen düsen konnte. Nach einigen Anlaufschwierigkeiten – er fand anfangs meine Schwangerschaftsstreifen erschreckend und ich war mir zunächst nicht sicher, ob ich ihn gut riechen konnte – starteten wir in eine recht glückliche gemeinsame Zeit.

Ich freute mich über seine Ausgeglichenheit, sein freundliches und zuvorkommendes Wesen. Andi fluchte nie, hatte stets gute Laune und zeigte einen umfassenden Lebensoptimismus, den ich als sehr angenehm empfand. Er bildete einen schönen Ausgleich zu meiner ungeduldigen Art und meinem teilweise hektischen Leben. Andi strahlte, wenn er mir gestand, dass er an einem Wochenende mit mir mehr Sex gehabt hatte als in den letzten fünf Jahren in seiner Ehe. Win-win, sollte man meinen.

Der Sommer plätscherte dahin und auch wenn keine Schmetterlinge in meinem Bauch flogen, hatten wir eine angenehme Zeit. Ob es einer Winterdepression geschuldet war oder dem Advent... kurz vor Weihnachten wurde ich unruhig, denn mir schwante, dass ich unter Umständen das Fest würde allein verbringen müssen. Meine Kinder würden bei ihrem Vater sein und Andi hatte die Ansage bekommen, er müsse mit zur Mitternachtsmette am Heiligen Abend, um dort die heile Familie zu repräsentieren. Das schmeckte mir gar nicht.

Ich steigerte mich in die Vorstellung hinein, der Mann sei ein Waschlappen, habe kein Rückgrat und tanze nach der Pfeife von Frau und Pfarrer. So eine dörfliche Heuchelei!

In meinem Inneren braute sich ein Ultimatum zusammen: Sollte ich allein unter dem Baum sitzen, würde ich ernsthaft darüber nachdenken, ob ich weiterhin Zeit mit diesem Partner verbringen wollte.

Ohne darüber geredet zu haben, schien Andi jedoch meine Anspannung gespürt oder sich selbst Gedanken gemacht zu haben: Oh Wunder, am Heiligen Abend stand er mit einem Strauß vor der Tür und verkündete, seine Kinder wüssten nun Bescheid und hätten sich sogar für ihren Vater gefreut. Die Kuh war vom Eis und er hatte seine Ehre für mich vorerst wieder hergestellt.

In Folge lernte ich Stück für Stück seine Geschwister und später seine Eltern kennen. Zum Tag der Offenen Tür seiner Firma lud er mich und meine Jungs ein. Zudem unterstütze Andi mich mit praktischen Geschenken, wenn er selbst Möbel oder Geräte nicht mehr benötigte und ich weiß bis heute nicht, wie er am Valentinstag eine Rose unter meinen Scheibenwischer gezaubert hat. Das alles wertete ich als gute Zeichen, denn ich hatte immer noch das Gefühl, ihn als Menschen nur schwer einschätzen zu können. Ich dachte, dass könnte daran liegen, dass ich sein Zuhause nicht kannte. Sein Musikgeschmack war vage, er hatte vielleicht auch gar keine CD-Sammlung und ob er den Inhalt des Kühlschranks selbst bestückte, war mir nicht ganz klar.

Ein weiterer Grund für meine Unkenntnis über meinen Teilzeitfreund sah ich in unseren eher schwer gängigen Unterhaltungen. Andi redete nicht wirklich viel über seine Gedanken, Sorgen oder über sich – was Männer zumindest in der Werbephase durchaus gern machen, um sich in ein gutes Licht bei den Damen zu rücken. Ich forderte Andi immer mal wieder dazu auf und erhielt dann eine erzählende Beschreibung seines Büros oder den Ablauf einer Tätigkeit. Ich erklärte ihm, was ich unter echter Kommunikation verstand, aber drang nicht ganz zu ihm durch. Er meinte, er habe das Reden in all den Jahren einer sterbenden Ehe einfach verlernt.

Die einzige Person, die seine innersten Gedanken kannte, war bis dato sein Cousin, der gleichzeitig sein bester Freund war. Und ausgerechnet der verunglückte ein Jahr nach unserem Kennenlernen tödlich bei einem Autounfall, noch bevor ich ihn kennen lernen konnte!

Der Schock bei Andi saß tief und so rührte ich nicht mehr am Thema Kommunikation.

Stattdessen konzentrierten wir uns darauf, eine Küche für sein Dachgeschoss auszusuchen und zu planen. Das sollte nämlich innerhalb des Jahres von ihm ausgebaut werden, damit er ein eigenes Reich besäße. Meine Hoffnung war, ihn über die Auswahl der Möbel, seinen Geschmack und seine Ideen für die Raumaufteilung näher kennen zu lernen.

Den ersten Schritt stellte für mich eine Hausbegehung dar, bei der ich mir ein Bild von Andis Lebensumfeld machen konnte. Während seine Familie unterwegs war, führte er mich durch sein Haus auf den Dachboden, um vor Ort Maße zu nehmen.

Es handelte sich tatsächlich um ein sehr schön gelegenes einzelnstehendes Haus mit einer Wohnfläche jenseits von 170 Quadratmetern. Im Inneren wunderte ich mich über das Geschenkpapier und die Weihnachtsdeko, die zwei Drittel des Esstischs augenscheinlich dauerhaft in Beschlag nahmen. Es war mittlerweile immerhin März.

Hinsetzen im Wohnzimmer war zum Glück nicht unser Ziel, denn es hätte sich aufgrund von Wäschebergen schwierig gestaltet. Doch auf Toilette musste ich dringend und so staunte ich über die ausgeprägte Patina, die sich dort auf allen Oberflächen verbreitet hatte. Von denen gab es nicht so viele, die meisten waren durch Bürsten, Kosmetikartikel und leere, staubige Zahnpastaschachteln belegt. Fünf feuchte Handtücher tummelten sich auf einem einzigen Haken übereinander. Auf olfaktorische Auswirkungen habe ich vor lauter Schreck nicht geachtet und einen genaueren Blick auf das Porzellan unter mir vermied ich lieber.

Das Dachgeschoss war räumlich begrenzt, schmal und absolut „unbehandelt". Ich ahnte, wieviel Arbeit es kosten würde, Rigipsplatten einzuziehen und fragte mich, wie das ein behagliches Zuhause werden sollte. An die Dauer des Projekts wollte ich gar nicht denken.

Nur vorsichtig sprach ich meine Wahrnehmung des Haushalts an, der meines Erachtens von Keimi und Schleimi bestimmt wurde. Ich sah die Funktion einer Full-Time-Hausfrau nicht gegeben. Andi gab zögerlich zu, dass er es auch lieber sehen würde, wenn seine Frau arbeiten ginge. Wohl weniger um des Geldes Willen, dachte ich bei mir, sondern weil sie in ihrem ursprünglich erlernten Beruf vielleicht nützlicher wäre als im eigenen Heim.

Als er drei Wochen später berichtete, dass der Familienrat entschieden habe, einen Hund anzuschaffen, sank meine Achtung vor ihm ins nächsttiefere Level.

Ich konnte nicht nachvollziehen, wieso ein Mann, der das Leben seiner Familie komplett allein finanzierte, den Garten bestellte, Rasen mähte, Hausaufgaben kontrollierte und die Kinder unterstützte, in einem versifften Haus wohnte und offensichtlich nichts zu sagen hatte. Er selbst war gegen ein Haustier gewesen und ich wollte mir gar nicht vorstellen, wie sich auf der ohnehin schmutzigen Treppe zusätzliche Hundehaare ausnehmen würden. Gruselig.

Immerhin, Ostern stand vor der Tür, die Sonne schien und ich beschloss, meinen Ärger herunter zu schlucken und den bevorstehenden Kurzurlaub in St.-Peter-Ording zu genießen. Da wollte ich immer schon mal hin und gebucht war das Ganze immerhin auch schon. Das Apartment war annehmbar – allerdings mit zwei getrennt stehenden Betten und einer ungemütlichen Küchentheke. Mir fielen die davorstehenden Barhocker ins Auge, die vielversprechend stabil aussahen... allerdings war ich mir nicht sicher, wie experimentierfreudig und aktiv Andi sein würde.

Viele Freizeitbeschäftigungen boten sich nämlich nicht im Ort, die Wege der Spaziergänge wiederholten sich schnell. Unsere Unterhaltungen verliefen auch nicht besonders vielfältig, lustig oder prickelnd. Andi brachte an verschiedenen Ecken im Ort die immer wieder gleichen Aussagen an, die sich auf für jeden sichtbare Dinge bezogen. So entdeckte er die selben Schilder ständig wieder neu. Ich fühlte mich in einer Art Zeitschleife gefangen und mir wurde unheimlich langweilig. Beinahe hätte ich ihm gesagt, dass ich keine Blondine mit herabgesetzter Intelligenz sei, die häufiger Wiederholungen bedürfe.

Das versuchsweise Tennisspiel hatte auch seine Grenzen und so war ich fast froh, dass irgendeine Fußballmeisterschaft im abendlichen Fernsehprogramm lief.

Einzige Abwechslung boten die Strandbesuche und das Cappuccino trinken mit Blick auf das Meer sowie der Einkauf im Supermarkt, der viele Regionalprodukte bereithielt. So fiel mir zunächst gar nicht auf, dass Andi die Quittungen akribisch sammelte.

Als die Heimfahrt drohte, erneut eine sehr stille Angelegenheit zu werden, warf ich gezielt Bemerkungen in den Raum, in diesem Fall ins Auto, um Andi zum Plaudern zu bewegen. Bisher hatte er sich nur zum wolkenlos blauen Himmel geäußert.

Erster Versuch: Ein Lied im Radio nutzte ich dazu, um über Songs zu philosophieren, die Paare als „ihr Lied" bezeichnen. Als mein Monolog trotz vieler Pausen nicht dazu führte, dass auch Andi inhaltlich etwas beitrug, fragte ich ihn konkret, ob es bei ihm und seiner Frau auch so etwas gegeben habe. Die Antwort: „Nein".

Gut achtzig Kilometer später kamen wir an einer bekannten Gedenkstätte vorbei und ich berichtete von meinen Ansichten und

Berührungspunkten mit den Themen des Dritten Reichs. Wieder bekam ich nur einsilbige Antworten auf meine Fragen.

Aller guten Dinge sind drei. Aber auch der Versuch, über persönliche Erlebnisse in Richtung Ost-West-Deutschland und Wiedervereinigung zu quatschen, scheiterte kläglich.

In mir kochte es. In mir arbeitete es. Wie konnte jemand so viele Kilometer neben mir sitzen, ohne dass sich eine interessante Unterhaltung ergab? Okay, Männer reden vielleicht nicht ganz so viel wie Frauen, aber in der Regel knackte ich jeden Menschen, der sich mit mir traf. Manchmal konnte ich richtig dabei zusehen, wie ein Mann Stück-für-Stück beim ersten Date auftauten und mir spätestens nach einer halben Stunde alles berichteten, was ich wissen wollte. Die hatten bei meiner eigenen schonungslosen Ehrlichkeit und Offenheit doch gar keine Chance! Und bei einem Partner, der nicht nur Körpersäfte mit mir tauschen, sondern auch sonst Zeit mit mir zu verbringen gedachte, erwartete ich erst recht Interesse an einem Gedankenaustausch.

Ich war enttäuscht, fühlte mich überfordert mit der Problemlösung und ließ mich zu Hause absetzen. Dort ließ ich mir Zeit und grübelte nach.

Für unser nächsten Treffen hatte ich mir passende Worte zurecht gelegt, um Andi zu sagen, dass mich der Urlaub ihm menschlich keinen Deut näher gebracht habe, da er meines Erachtens nicht in der Lage ist, mit anderen Menschen zu reden. Ich war mir unsicher, ob ich ihm sagen sollte, dass eine Partnerschaft mit ihm für mich sehr farblos und viel zu ruhig war.

Immerhin war ich schlau genug, zuerst ein Urlaubsfeedback von ihm einzufordern. Er fand den Urlaub schön. Aber er bekäme von mir noch sieben Euro achtzig, weil er ja den Cappuccino am Strand gezahlt habe.

Da traute ich mich dann doch, ihm meine ehrliche Meinung zu sagen. Ich ließ auch nicht unerwähnt, dass es vielleicht noch andere nette Frauen gab, die seine stille Art zu schätzen wüssten.

Andi fiel komplett aus allen Wolken. Er hatte sich anscheinend emotional total in mich verguckt, schrieb mir in der Folge lange zu Tränen rührende Briefe, die er persönlich in meinen Briefkasten steckte und ich war tatsächlich sehr traurig. Nicht nur, weil er ja grundsätzlich ein lieber Kerl war, sondern auch, weil er mir leid tat. Ich sah keine Zukunft für uns, da ich mir mittlerweile sicher war, dass er sein Wesen nicht würde ändern können. An seiner Seite würde ich eingehen wie eine Primel, die Partnerschaft war viel zu blass und ihm fehlte einfach ein eigenes Profil.

In der Trennungsphase starb sein Vater völlig unerwartet und ich ging noch mit zur Beerdigung, weil Andi um diese Unterstützung bat, die ich ihm gern gewährte.

Allerdings tummelte ich mich schon bald darauf in einer Kontaktbörse, da ich das Gefühl hatte, in den letzten anderthalb Jahren etwas Wesentliches verpasst zu haben. Dort entdeckte mich ein entfernter Bekannter Andis, der mich wohl auf der Beerdigung gesehen hatte. Er bewarf mich im Internet mit Schmutz, machte sich über meine Profileinträge und Beschreibungen lustig und drohte, Andi von meiner Aktivität im Netz zu erzählen. Der Typ wurde ausgesprochen fies und so trat ich die Flucht nach vorn an. Ich schoss zurück und deutete ganz zart rechtliche Schritte an, ohne zu ahnen, dass ich damit in ein Wespennest stieß, da er bereits vorbestraft war.

Zusätzlich informierte ich Andi.

Drei Tage später erhielt ich von meinem Widersacher eine ausführliche schriftliche Entschuldigung und Abbitte. Er verstünde nicht, warum ich so einen Stein im Brett bei Andi hätte, aber der habe ihm gründlich den Kopf gewaschen. Er nehme alles zurück und würde mich nie wieder belästigen.

Ob ich Andi unterschätzt hatte? Hatte er doch mehr Rückgrat als gedacht?

Ich traf ihn noch ein einziges Mal, etwa drei Monate später. Der Spaziergang verlief still und friedlich wie gehabt. Ein nettes Gespräch ohne wirkliche Essenz. Andi berichtete von seinen ersten Joggingversuchen und deutete an, dass er sich vorstellen könnte, mit mir zu laufen. Doch ich war mir sicher, dass er trotz guter Kondition und ausreichend Atem nicht in der Lage sein würde, mit mir zu quatschen.

Wir sahen uns nie wieder und ich wünschte ihm, dass er sein Glück finden möge.

Familienidylle

Im Sommer probierte ich wieder mal eine kostenlose Partnerbörse aus und traf auf einen erst kürzlich von seiner Frau abgelegten, jungen Ehemann mit Bausparhäuschen. Als Volleyballer von 33 Jahren mit blondem Haar gefiel mir Thomas äußerlich sehr. Er lebte im Trennungsjahr samt Rosenkrieg, da seine etwas jüngere Frau als Rechtsanwaltsgehilfin klischee-belastet eine Beziehung mit ihrem Chef begonnen hatte, der fast doppelt so alt war wie sie. – Mir gruselte bei dem Gedanken an eine solche Liaison und ich verbat mir die dazugehörigen Bilder im Kopf.

Ich führte viele Nachttelefonate mit Thomas, was sich zwar nicht so förderlich auf meinen Tag auswirkte, aber Balsam für die Seele war, da ich mit ihm ausgesprochen gut reden konnte.

Nach anderthalb Wochen kam es zum ersten Date, bei dem der Funke noch nicht vollends übersprang, da er mir mit knapp 185 cm etwas klein und fast zierlich erschien. Wir trafen uns in einem Restaurant und er fuhr um zwei Uhr nachts nach Hause. Obwohl ich k.o. war, hätte ich ihn aus Sehnsucht nach körperlicher Nähe fast mit ins Haus genommen, als er mich davor absetzte. Kein Wunder, nachdem die achtzehn Monate mit Andi nicht eben leidenschaftlich geendet hatten und bereits einige Zeit ins Land gegangen war.

Die Woche darauf hatte Thomas ein Abschlussgespräch zusammen mit seiner Frau bei einer Beratungsstelle in Paderborn. Auch der letzte Versuch einer Paartherapie war nicht von Erfolg gekrönt, berichtete er mir bei unserem Treffen am Abend. Es kam zu einem ersten intensiven Kuss, bei dem wir beide Feuer fingen. Trotzdem brach ich ab und ging zum Vereinssport, denn so lief ich nicht in Gefahr, einen neuen überstürzten Beziehungsversuch zu starten.

In der Nacht spürte ich allerdings ein deutliches Ziehen in meiner unteren Körperregion und aufgrund dieses Zeichens war es nur logisch, dass ich am Folgetag - endlich Ferien - einfach testen musste, ob wir uns körperlich verstehen würden. Nach einem längeren Spaziergang über die Felder verbrachte ich die Nacht in seinem hübschen Einfamilienhaus in einer nicht allzu weit entfernten Kleinstadt. Klar, die erste sexuelle Annährung von Menschen, die sich kaum kennen, ist nicht immer das absolute Highlight. Doch die Tuchfühlung verlief angenehm, vertrauensvoll und machte Lust auf mehr.

Da Thomas von seiner Ex durch häufige Telefonate über Festnetz und Handy ziemlich terrorisiert wurde, gewährte ich ihm einige Nächte Asyl bei mir. Ich bemerkte, dass ich mich in seiner Gegenwart wohl fühlte. Er störte kein bisschen, war weder devot noch aufdringlich. Sexuell groovten wir uns bereits innerhalb der ersten zwei Wochen ein. Er überraschte mich mit mir noch unbekannten Techniken, die mir Freude bereiteten und ich wunderte mich, dass seine Frau ihn für eine Vaterfigur abgelegt hatte. Sein rasierter Oberkörper war sehr angenehm und alles andere wollte ich noch in allen Facetten austesten. In jedem Fall war er schön griffig.

Und auch der Inhalt gefiel mir. Obwohl Thomas mit fünf Jahren Altersunterschied nicht mehr so ganz in meine Generation Golf passte, hatten wir uns eine Menge zu erzählen und tauschten Gedanken aus. Es schmeichelte mir, dass ihn mein Äußeres ansprach, wo er doch mit einer unter 30jährigen zusammengelebt hatte.

Außerdem hatte ich von ihm vorurteilend gedacht, dass die Unterhaltungen mit ihm trockener oder gar langweilig verlaufen würden, weil er als Verwaltungsbeamter bei einer Behörde arbeitete. Doch besaß er überraschend viel Humor und einen unterhaltsamen Wortschatz. Zudem schien er ziemlich komplexfrei zu sein. Überhaupt, in meinem Kreisdiagramm konnte er viele Anteile für sich gewinnen. Er war Vater einer Tochter im Kleinkindalter und Hausbesitzer, hatte haushaltsmäßig und handwerklich so einiges drauf und achtete sogar auf alltägliche Kleinigkeiten, wie sie für Männer eher unüblich sind. Das Wischen der Duscharmatur nach Gebrauch gehörte ebenso dazu, wie das Runterklappen der Klobrille oder die Nachfragen, ob er mir helfen könne.

Alles schön, dachte ich am Samstagmorgen an meinem dritten Wochenende mit ihm. Ich hatte mir fest vorgenommen, weder durch eine rosarote Brille zu schauen, noch ständig nach dem Haar in dieser guten Suppe zu suchen.

Ich war zuversichtlich, dieses Mal alles richtig zu machen.

Die Altlasten waren bisher auch zu verschmerzen: Der Hund war zwar nach der Trennung bei Thomas geblieben und der hatte schon während der ersten Telefonate meine Nerven strapaziert, weil er im Hintergrund kläffte, aber seine niedliche Tochter lebte zum Großteil bei ihrer Mutter. Thomas durfte die Kleine nach Gutdünken und Wohlwollen ohne feste Reglung sehen.

Aber es war nicht zu glauben: Gerade als ich meinen Deo-Roller dauerhaft in seinem Bad parken wollte und nach einem Lauf im Feld unter der Dusche hervorkam, offenbarte er mir, dass seine Frau derweil angerufen habe. Sie möchte es noch mal mit „Familie" versuchen und sehe ihren Irrtum ein.

Da staunte ich nicht schlecht und war im ersten Moment ganz banal enttäuscht, denn letzte Nacht war ich intensiv auf ihm herumgeturnt und heute hatte ich eigentlich an ein umgekehrtes Verwöhnprogramm gedacht. Grmpf. Kalt abserviert?

Nun denn, nach einigem Nachdenken konnte ich seinen Wunsch nach heiler Familie durchaus verstehen und im Nachhinein bei nüchterner Betrachtung war ich froh. Mir war völlig klar, dass ich ihm nicht die idyllische Familie bieten konnte, die er sich wünschte und die er meiner Ansicht nach verdiente.

Ob sich das Warten auf die endgültige Rückkehr seiner Ehefrau lohnen würde, wagte ich allerdings zu bezweifeln. Diese hatte ihm das Versprechen abgerungen, nicht weiter mit mir anzubandeln. - Obwohl sie selbst ihren älteren Lover erst dann abservieren und vor vollendete Tatsachen stellen wollte, wenn dieser ihre aktuelle Fortbildung über seine Anwaltskanzlei abgerechnet und bezahlt hatte, was in etwa acht Wochen der Fall sein würde. Ganz schön abgebrüht!

Hach, was wir bis dahin hätten alles anstellen können! Doch seine Frau hatte ihn mit der emotionalen Abhängigkeit und der Besuchsregel seiner Tochter voll in der Hand. Thomas war vielleicht kein vollständiger Trottel, aber doch ein gutmütiges Schaf, denn ich hatte zwischenzeitlich schon mitbekommen, wie sie ihn recht mies erpresste und bei dem Kind ausspielte.

Auf meiner und seiner Seite war hingegen kein gravierender Schaden entstanden, denn ich musste zugeben, dass keine ganz großen Gefühle im Spiel waren. Die abrupte Lösung war also nicht die schlechteste und überhaupt – im Dauerküssen war er nicht besonders, versuchte ich mir das Ganze schön zu reden. Selbstkritisch muss ich zugeben, dass ich mich verhielt, wie der Fuchs, dem die Trauben zu hoch hingen.

Darüber hinaus hatte ich nicht – wie sonst oft – einen Scherbenhaufen hinterlassen, sondern allein durch meine Anwesenheit ein gutes Werk getan! Erst die Angst seiner abtrünnigen Frau, dass sich ihr treuherziger Ehemann umorientierte und eine Tür für immer zufallen könnte, hatte die Familie wieder zusammengeführt.

Ergo, war ich besser als jede Paartherapie!

Dennoch wälzte ich auch einige Gedanken zum Thema „Weich-Ei". Waren Männer viel emotionaler und softer als gemeinhin angenommen oder hatte ich rein zufällig die Frauenversteher und lieben Jungs aus dem Singleteich gefischt? Erik, Michael, Andi und auch Thomas waren in gewisser Weise „viel zu nett". Natürlich wollte ich mich nicht ständig mit jemandem auseinandersetzten oder gar mit ihm streiten, aber ein „Gegen"über sollte bei allem Miteinander auch einen Standpunkt haben und eine gewisse Festigkeit ausstrahlen.

Etwa zehn Jahre nach diesem Erlebnis entdeckte ich Thomas zufällig bei einem Volksfest. Zumindest erkannte ich sein Gesicht wieder. Die Brille hatte mit Glasbausteinen einige Dioptrien zugelegt, ebenso wie sein Körper an Pfunden. Thomas lief ungelenk hinter einem etwa achtjährigen Mädchen und ihrer dreizehnjährigen Schwester her. Beide sahen ihm ähnlich.

Seine Familienrechnung war anscheinend aufgegangen und ich war sehr, sehr froh.

Letzte Anläufe

Im sechsten Jahr nach der Trennung war ich ziemlich ernüchtert, da es mir nicht gelungen war, eine dauerhafte Beziehung einzugehen. Nach den letzten eher farblosen Versuchen mit Männern, die zwar fest im Leben standen und die Grundbedingungen erfüllten, jedoch kein wirkliches Kribbeln im Bauch auslösten, schwor ich der Internetsuche ab.

Dann entdeckte ich in der Lokalpresse die Ausschreibung eines Speed-Datings. Davon hatte ich schon öfters gelesen und gehört, doch hatte ich zu Beginn meiner Suche nicht den Mut, später nicht die Gelegenheit, so etwas auszuprobieren. Mittlerweile fühlte ich mich im Umgang mit fremden Männern gefestigt, also meldete ich mich an.

Ich hatte nichts zu verlieren.

So ein Event war vermutlich weniger aufwendig, effektiver, kostengünstiger und kurzweiliger als die von mir auch schon erwogene Single-Reise, wie sie über die eine oder andere Organisation angeboten wird. Da gab es beispielsweise Wander- oder Radfreizeiten in der Schweiz, die mir bei genauerer Betrachtung jedoch viel zu sportlich und schweißtreibend erschienen als das ich mich tatsächlich angemeldet hätte. Auch Bootstouren, bei denen man auf Gedeih und Verderb auf engem Raum in Kojen gepfercht dahin dümpelte, trafen nicht meinen Geschmack. Ich scheute den Gedanken, bei Nichtgefallen oder einer möglichen Überalterung der anderen Teilnehmer vor diesen nicht flüchten zu können, umfassten diese Reisen doch immer ein Alterssegment, bei dem ich im unteren Drittel rangieren würde. Da gab ich lieber einem zwangloses Speed-Dating den Vorzug.

Die Veranstaltung fand recht bequem in einer Gaststätte eines ehemaligen Bahnhofs im Landkreis statt. Ich war gespannt, wer sich dort so tummeln würde. Die Regeln waren mir grob durch das

Zappen im Fernsehen bekannt. Ich freute mich auf die erwarte-te Abwechslung beim Rotieren der Personen im Raum. Die eng hintereinander liegenden Gespräche würden mir gute Gelegenhei-ten bieten, meine Menschenkenntnis, Auffassungsgabe und den diagnostischen Blick für Männer auf die Probe zu stellen.

Vor Ort fanden sich jeweils sechs Damen und Herren ein. Auf den ersten Blick fiel ein männliches Exemplar bereits aus jeder engeren Wahl, da er das Durchschnittsalter der Gruppe bereits weit überschritt. Wie ich später erfuhr, war es dem Veranstalter nicht gelungen, die gleiche Anzahl an Männern und Frauen zu finden, so dass ein halbwegs vorzeigbarer „Lückenbüßer" teilnehmen musste, der zumindest in punkto Höflichkeit und Kultur ein angenehmer Tischpartner war.

Die Gespräche sollten jeweils sechs bis acht Minuten dauern und nachdem jede mit jedem geredet hatte, wurden die Zettel mit den persönlichen Tabellen eingesammelt, auf denen man die Ge-sprächspartner ankreuzte, die man gern näher kennen lernen wollte. Deren Kontaktdaten bekam man bei einem „Match", also wenn das angepeilte Gegenüber einen selbst ebenfalls sympathisch fand.

War ich im Vorfeld noch recht euphorisch gewesen, einen unterhalt-samen Abend zu erleben, ließ meine Begeisterung alsbald nach. Ich hatte bereits nach dem zweiten Gespräch keine Lust mehr, meine Lebenshintergründe, Hobbies und mich selbst zu erklären. Eine Wiederholung in Dauerschleife. Die Basics hätte man vielleicht doch besser in einer großen Vorstellungsrunde abgearbeitet oder sich mit einem Namensschild angeheftet. Da ich zudem auch noch aktiv zuhören wollte, wusste ich bald nicht mehr, wem ich was wie und warum erzählt hatte.

Und irgendwie gefiel mir keiner der Kandidaten wirklich gut.

Einer war extrem devot, viel zu schüchtern und blass, der nächste erfüllte alle Klischees des Camp David tragenden Erklär-Bärens, und der von sich eingenommene Schönling prahlte in einer Tour mit seinem Cabrio und seinen beruflichen Erfolgen. Natürlich fehlte auch nicht der Extremsportler, diesmal in der sehr schmalen Ausgabe eines Ultra-Marathon-Läufers, der kein anderes Thema als das sportliche kannte und den ich in keinem Fall als Mann, sondern höchstens als Männchen wahrnehmen konnte.

Um nicht ganz ohne Zeichen auf dem Zettel aus diesem Abend als vermeintliche Kostverächterin hervorzugehen, setzte ich mein Kreuz bei einem eher unauffälligen und bürgerlich wirkenden Mann, der mich zwar etwas gelangweilt, aber zumindest mit seiner Art nicht abgestoßen hatte. Und ich hatte Glück – auch wenn ich so ohne jeglichen Ertrag die Location verließ – er hatte seinerseits kein Interesse an mir. Aus der peinlichen Nummer war ich ohne Telefonnummer rausgekommen.

Wie Heidi Klum wohl gesagt hätte: „Ich habe heute leider kein Foto für Dich".

Meine Enttäuschung hielt sich in Grenzen, denn ich hatte im Vorfeld keine zu hohen Erwartungen gehegt. Die letzten Jahre hatten mir bereits genug Erkenntnisse geliefert, um zu erkennen, dass ich nicht so leicht kompatibel bin.

So war das Thema Speed-Dating auch abgehakt.

Im März fiel mir bei einer Sportveranstaltung meines Sohnes ein freilaufender Single-Papa auf. Seine beachtliche Körpergröße triggerte mich. Wie es der Zufall, mein Wunsch beim Universum oder mein organisatorisches Geschick auch wollten, beim nächsten Auswärtsspiel saß ich an seiner Seite im Auto.

Ich erfuhr, dass er zwar selbst kein Motorrad fuhr, aber bei Rennveranstaltungen als Mechaniker tätig war. Cool!!! Auch wenn ich mit meiner bescheidenen Oberweite nicht zum Boxenluder taugte, ließ ich mir die Einladung zu einem Wochenende an einer Rennstrecke nicht entgehen. Zwei Wochen später düste ich mit meiner eigenen

Maschine dorthin. Die Atmosphäre, der permanente Geräuschpegel und die Begegnungen mit verschiedensten Menschen lenkten mich etwas von meinem heimlichen Ziel ab. Dennoch kam es in der Nacht – auf meine Initiative hin – dann doch noch zur Tuchfühlung und ich dachte bei mir: Ausbaubar!

Zudem schien mir der Mann sprachlich gewachsen, da er einen Wortwechsel per Kurzmail zu Beginn des Kennenlernens aufrechterhalten konnte. Viele unserer Ansichten zum Thema Partnerschaft deckten sich.

Doch bereits kurz darauf kamen mir erste Zweifel an diesem Beziehungsversuch. In einer der Folgenächte klopfte der Mensch ziemlich angetrunken an mein Schlafzimmerfenster, um mich zu überraschen. Seinen Zustand zu spät erkennend ließ ich ihn dummerweise herein. Nachdem ein paar Tage verstrichen waren, thematisierte ich die von mir als sehr unangenehm empfundene Begegnung. Er schilderte seine Sicht der Dinge und wir ließen der Sache ihren Lauf.

Schlussendlich beendeten wir im beiderseitigem Einvernehmen nach drei Monaten unsere gemeinsame Zeit. Es passte mit uns nicht so recht, die Prioritäten und Interessen waren zu unterschiedlich. Ich denke, ich war ihm zu verkopft und gesprächig und ich wiederum sah in ihm einen in seiner Art unbeweglichen, unsensiblen Klotz, dem das Bier näherstand als jegliche Partnerin.

Immerhin verdanke ich ihm meinen ungewöhnlichsten Ort, an dem ich bis dato Sex hatte und auch heute noch muss ich beim Geruch von Reifengummi grinsen. Die direkten Auswirkungen dieser Aktion bekam lediglich ein verschwiegener Freund körperlich zu spüren, den wir des nachts „leicht erschütterten".

Durch diesen Beziehungsversuch gewann ich noch einige weitere nützliche Erkenntnisse: Das Camperleben war so gar nichts für mich, ich würde es in Zukunft meiden. Außerdem sollte ich mich immer auf meine Instinkte verlassen: So war ich sehr, sehr froh, im Vorfeld eines trotz der Trennung fest zugesicherten Urlaubes mit dem Mann einen Rucksack gekauft zu haben. Ich hatte es irgendwie im Urin ... und tatsächlich – wenige Stunden bevor er mein Gepäck abholen wollte, sagte er mir ab und mein fest gebuchter Flug in den Süden wäre verfallen. So aber organisierte ich mir kurzerhand eine Unterkunft am Zielort, bewegte mich als Backpacker und verbrachte eine spannende Woche in Venedig.

Bevor ich dann auch in der letzten Kontaktbörse mein Profil schloss, textete ich noch etwas mit einem freundlichen Motorradfahrer. Er kam in den kurzen Texten pfiffig daher und wir verabredeten eine kleine Tour zur Sababurg.

Als er mich zu Hause abholte, dachte ich beim Öffnen der Tür: „Was für eine furchtbare Motorradjacke, lila schützt vor Schwangerschaft und Schnitt hat sie auch keinen".

Doch beim Kaffeetrinken am Zielort erkannte ich, wie vielseitig interessiert, sprachgewandt und humorvoll dieser Mensch war. Er achtete zudem auf Ernährung und seinen Körper, war Nichtraucher und erstaunlich komplexfrei.

Wir empfanden beidseitig nicht die große Liebe füreinander, doch lagen wir auf einer Wellenlänge. Mit keinem bisherigen Menschen konnte ich so gut reden und so viel lachen. Jede Einigung mit ihm verlief schnell und unkompliziert; Urlaube, Konzerte, Ausflüge und Wochenenden verbrachten wir sehr gern miteinander. Dieser Mann ließ mir meine Hobbies, Freiheiten, akzeptierte meinen Biorhythmus und wir telefonierten jeden Abend, um uns über den Tag und unsere Gedanken auszutauschen.

Im Laufe der Zeit entwickelte sich eine tiefe Vertrautheit und wir erfreuten uns daran, dass keiner vom anderen die magischen drei Worte hören oder gar zusammenziehen wollte.

Der letzte Versuch, der eigentlich gar nicht als solcher gedacht war, führte zu dem, was ich lange gesucht habe ohne es genau benennen zu können: eine Partnerschaft auf Augenhöhe, die mich erdete und mir nicht nur Zufriedenheit, sondern eine Menge Spaß schenkte.

Goodbye Try-and-Error

Insgesamt tingelte ich über mehrere Jahre durch die eine oder andere Singlebörse ohne große Nachhaltigkeit. Die Sucherei im Netz, die Schreiberei und das Prozedere drum rum störten mich nicht. Im Gegenteil, sie wurden zum Zeitvertreib und bereiteten mir in den meisten Fällen Freude. Ich hatte weder das Gefühl, Zeit zu verschwenden, noch die Befürchtung, größeren Schaden angerichtet zu haben, wenn es mit einer Beziehung mal wieder nicht geklappt hatte. Die meisten Begegnungen, egal ob kurz oder länger, lösten sich friedlich auf und endeten auf meiner Seite mit leichtem Bedauern und auf Seiten der Männer höchstens mit etwas Unverständnis.

Und obwohl ich meinte, mit mir im Einklang zu stehen, empfand ich doch eine innere Unruhe. Ich entwickelte die Vorstellung eines Lebensbilds, dessen Ecken von den vier Teilbereichen Partnerschaft, Familie, Hobbies und Beruf gerahmt wurden.

Wenn alle Lebensbereiche gleichmäßig ausgefüllt sind, befindet sich das Bild an der Wand im Gleichgewicht. Mein Bild hingegen sah ich als leicht schief hängend an, da es um drei Ecken zwar gut bestellt war, sich aber keine stabile Partnerschaft einstellen wollte.

In vielen Gesprächen während der Singlezeit tauchte öfters die Frage auf „Was suchst Du denn eigentlich für einen Partner?" und ich konnte immer nur vage antworten „Wenn ich ihn gefunden habe, werde ich es wissen."

Zwischenzeitlich hatte ich eine von mir betitelte „BBS-Idee" entwickelt, die ich aus den Zeitungsannoncen als Idee übernommen hatte. Statt dem abgedroschenen H-H-H für Herz, Hirn und Humor standen bei mir Brain, Body and Soul im Vordergrund. Diese drei sollten von einem potenziellen Partner erfüllt werden. Ich wollte gern auf einen Mann treffen, der über einen seelisch ausgeglichenen, klugen und wachen Geist sowie einen gesunden Körper verfügte, der zudem auch noch schön schlank sein durfte. Alltagstauglichkeit und ein Sinn für Familie spielten für mich zunächst keine große Rolle, denn ich wollte ja niemanden bei mir einziehen lassen oder gar heiraten.

Nach der gescheiterten Beziehung mit dem netten Michael aus dem Kapitel „Die Ehefrau auf dem Fußballplatz", mit dem ich mich im Urlaub so furchtbar gelangweilt hatte, schwante mir dann doch, dass ich detaillierter an die Sache ran gehen musste. Die Bedingungen, die ich für das Gelingen einer Partnerschaft für wichtig hielt, sollten von mir differenzierter erfasst werden.

Hierzu riet mir auch eine Kneipenbekannte, die mir bereits im zweiten Jahr meiner Partnersuche den Hinweis gab, mal zu schauen, was ich selbst in eine Beziehung einbrachte. Hieraus sollten sich dann Kriterien, Merkmale und Erwartungen an einen Mann ableiten lassen, der für mich geeignet wäre.

Ich gab damals wenig auf ihren Ratschlag, da ich noch zu sehr von den vielversprechenden Möglichkeiten des Internets gefangen genommen war. Aus meiner Sicht handelte es sich bei ihr um eine esoterisch angehauchte Fetenbraut, sehr direkt, erfrischend offen und mit einer positiven Grundeinstellung. Sie hatte zwar bereits einige Lebenskrisen bewältigt und Erfahrungen, ja sogar Fortbildungen zum Thema aufzuweisen, trotzdem wollte ich nur bedingt hören, was sie zu sagen hatte. Sie vertrat nämlich die Meinung, dass ein Mensch nach dem Ende einer langjährigen Partnerschaft ein Drittel der darin verbrachten Zeit im Anschluss daran erstmal ohne Gegenstück verbringen sollte. Diese Idee stufte ich als absurd ein, da ich mir nicht vorstellen konnte, sechs Jahre herum zu singlen!

Erstaunlicher Weise musste ich mir im Nachhinein aber eingestehen, dass ich trotz der vielen Beziehungsversuche tatsächlich sechs Jahre lang keine Partnerschaft gefunden hatte, die mir innere Ruhe oder gar dauerhaftes Glück schenkte. Spooky.

Das Kreisdiagramm

Als verkopfter Mensch mit ach so analytischem Verstand schuf ich mir am Ende ein Modell, welches alle von mir als bedeutsam eingestuften Aspekte umfasste. Diese Matrix war jetzt nicht mehr eckig, wie das bereits erwähnte Bild im Rahmen, sondern rund.

Ich sammelte Fähigkeiten, Lebensumstände, Fertigkeiten und Eigenschaften, sortierte diese in Kategorien und da ich schon immer ein Fan von Visualisierungen war, kam ein Kreisdiagramm mit vier Bereichen heraus, mit dem ich Personen einschätzen und „messen" konnte.

Ich vergaß dabei nicht, auch auf mich selbst zu blicken - wie mir die Hobby-Reiki-Meisterin geraten hatte.

Die erste Grundskizze entstand aus Frust und Langeweile in besagtem Urlaub in meinem Reisetagebuch. Zuhause angekommen, verwarf ich kurzerhand Begrifflichkeiten wie Kognition und Emotion, die sich berufsbedingt eingeschlichen hatten. Schließlich wollte ich die Männer als Gesamtmenschen wahrnehmen und nicht als zu begutachtende Probanden einstufen.

Schlussendlich blickte ich auf ein Tortendiagramm und malte mir aus, wie ich damit ein Sahneschnittchen finden würde, welches entsprechend leckere Eigenschaften besäße.

Schön war, dass ich aufgrund der simplen Kreisform auch angeheiterten oder einfachen Gemütern mit weniger Einsicht in Prozentrechnung in der Kneipe verklickern konnte, wie die Aufteilung funktionierte. Bedurfte es doch nur eines runden Bierdeckels und weniger Erklärungen.

Wissen Familie

Sprache Organisation

Kommunikation Alltagstauglichkeit

Ernährung Kreativität

Vitalität Humor

Körper Geist

Nach meinem Konstrukt entfielen nun jeweils 25 Prozent in die Viertel eines Kreises, somit auf jedes der Gebiete mit folgenden Bestandteilen:

Kommunikation, Sprache und Wissen

Dieser Bereich entsprach zuvor dem „Brain". Er wurde nun um die Fähigkeit zu Kommunizieren erweitert. Diesem Feld ordnete ich sowohl Aussprache, Ausdruck, Wortschatz, Umfang und Vielschichtigkeit von Wissen, Menschenverstand, Auffassungsgabe, Wahrnehmungsradius, Interessenvielfalt und das Vermögen zur Vermittlung der Gedanken an den Partner zu.

Alltagstauglichkeit, Organisation und Familie

Dieser Bereich war mir zu Beginn der Suche nicht so wichtig gewesen, aber selbst in einer Wochenendbeziehung nervte mich eine mangelnde Handlungsplanung in Alltagsdingen. Mülltrennung, Vorratshaltung, Ökonomie, Erziehungsansichten, Zeitmanagement, Selbstversorgung, Nahrungsaufnahme, Hygiene, Tischmanieren, vorausschauendes Planen sind hier durchaus wichtige Stichworte.

„Zeige mir deinen Kühlschrank – und ich weiß, wie Du tickst". Berufsjugendliche, die sich immer noch im Hotel Mama wähnten, erhalten in diesem Bereich so gut wie keine Punkte.

Körper, Vitalität und Ernährung

Damit sind nicht nur körperliche Äußerlichkeiten gemeint, wie Größe, BMI, sexuelle Ausstattung, Körperbehaarung, sondern vor allem auch der Umgang mit Genussmitteln, Konsum, Hygiene, Sportlichkeit bzw. ein Mindestmaß an Fitness, das Achten auf den eigenen Körper und die Gesundheit sowie eine gesunde Libido. Eine ausgewogene Selbstreflektion sollte sich auch am eigenen Körper widerspiegeln.

Geist, Humor und Kreativität

Dieser seelische, aus meiner Sicht das Individuum ausmachende Bereich wurde von mir zu Beginn meiner Suche eher belächelt, besonders wenn er in Zeitungsannoncen mit dem Begriff „Esprit" bezeichnet wurde. Doch Menschen, die ihren Gefühlen - in welcher Form auch immer - Ausdruck verleihen können, sind für mich interessant. Schlagworte sind hier: Leidenschaften, Ideenreichtum, Hobbies, Instrumente, Gangbild, Problemlöseverhalten, Transferdenken, Bewegungsfreude, Lachen, Konfliktfähigkeit und das Interesse an Kultur. Man kann nur mit Menschen Gedanken austauschen, wenn eine Basis mit Entwicklungspotenzial vorhanden ist.

Es war mir bewusst, dass ich bei der Einschätzung nur mit meinen Augen durch meine Brille blickte und damit absolute Objektivität nie gegeben sein konnte. Was ich als klug, kreativ, patent, anziehend, sprachgewandt oder körperlich als „schön" definierte, musste ja nicht zwangsläufig mit der Ansicht anderer Frauen einhergehen. Ich maß lediglich mit meinem Verstand und der eigenen Wahrnehmung, setzte weder Maßband noch Intelligenztest ein.

Ebenso klar war mir, dass es keinen „Hundertprozent"-Mensch geben konnte. Niemand hat Einfluss auf seine Körpergröße, Genitalien oder vererbte Anlagen. Einen Intelligenzquotienten kann man sich nicht kaufen und künstlerisch-musische Talente werden nicht jedem in die Wiege gelegt. Zudem lassen sich einige Eigenschaften nicht ablegen oder trainieren, Menschen ändern sich in markanten Grundsätzen nicht, davon bin ich überzeugt. Und: Perfektion kann durchaus auch langweilig sein.

Mit diesen Erkenntnissen machte ich mich daran, erstmal „Verflossene" unter die Lupe zu nehmen. Es war erschreckend: Mein Ehemann und langjähriger Partner kam auf satte 97 Prozent! Demnach war er einst die richtige Wahl gewesen. Allerdings konnte einer meiner Bekannten, auf den ich absolut Null ansprang, ebenfalls über 90 Prozent abdecken... Somit war der Einwand einer Freundin berechtigt: „Was hilft Dir die Erfüllung der Bereiche, wenn der Typ weder Gefühle, noch den Drang nach körperlicher Nähe bei Dir auslöst?"

Es ergaben sich weitere überraschende Erkenntnisse: Der Schamane, auf den ich sexuell mega abgefahren war, konnte kaum 50 Prozent erreichen und auch alle anderen Beziehungsversuche lagen bei weit unter 70 Prozent!

Auffällig war dabei, dass viele Männer jeweils in einem Bereich die volle Punktzahl abräumten, während sie in anderen Teilen lediglich ein Minimum von bis zu fünf Prozent erfüllten. Daraufhin stellte ich für mich die Theorie auf, dass mich in den meisten Fällen ein hervorstechendes Attribut eines Mannes sehr für diesen eingenommen hatte. Die „Mangelbereiche" hatte ich wahrscheinlich durch die rosa-roten-Brille nicht gesehen. Zutreffend war dies sowohl für den Schamanen als auch für den Anwalt, der ja soooo klug und kommunikativ gewesen war. Die Gesamtpunktzahl beider blieb gleich - die Zusammensetzung war jedoch fast entgegengesetzt.

Das Kreisdiagramm verhalf mir jedenfalls zu einem guten Überblick. Fortan wollte ich nicht mehr auf nur einen Bereich bei einem Gegenüber achten, sondern auch die nicht sofort ins Auge springenden Aspekte im Hinterkopf behalten. In jedem Viertel sollte ein zukünftiges männliches Exemplar mindestens ein Level von 15 Prozent aufweisen. In Summe wäre ein Wert von mindestens 75 wünschenswert. Die Analyse der Vergangenheit hatte mir gezeigt, dass ein unterbesetztes oder gar leeres Feld einen sicheren Hinweis auf eine nicht mögliche Partnerschaft darstellte.

Vor dem Hintergrund des Diagramms ließen sich die beiden Uralt-Sprüche besser deuten, die mir hin und wieder in den Sinn gekommen waren: „Gleich und gleich gesellt sich gern" und „Gegensätze ziehen sich an". Meine Entscheidung fiel deutlich zugunsten der ersten Lebensweisheit aus.

Es war nun klar zu sehen, dass es beispielsweise unsinnig wäre, eine Beziehung mit einem wortkargen, unmusikalischen oder veganen Partner zu beginnen, wenn ich doch selbst tierisch gern Fleisch aß, auf der Tanzfläche um mich schlug und oft viel zu viel sabbelte. Nein, ich sollte eher auf das erste Sprichwort setzen, dessen war ich mir jetzt sicher. Ich wollte keinen permanent biertrinkenden und fußballsehenden Raucher, aber auch keinen Akademiker mit Stock im Arsch. Neunmalkluge Korinthenkacker waren mir ebenso wenig willkommen wie lässige Lucky-Luke-Typen.

Mein Glück fand ich, als ich grade beschlossen hatte, die Suche aufzugeben. Ich traf auf einen Mann, der in allen Teilen meines Kreises viele Kriterien erfüllte. Mit ihm kehrte Ruhe in mein unstetes, an sich gutes, ausgefülltes Leben mit Kindern, Hobbies und Beruf ein.

Endlich hing mein Bild in Waage!

Gedanken über Selbst- und Fremdwahrnehmung

Zwischen meinen Dating-Phasen und Partnerschaftsversuchen machte ich mir oft weitere Gedanken zum Thema. Häufig verspürte ich nach dem Scheitern eines Beziehungsversuch wenig Ambitionen, mich erneut um Frösche und Prinzen zu kümmern. Dann dachte ich tiefschürfend darüber nach, warum es so schwer war, einen Partner in der Freien Wildbahn zu finden.

Warum gab es keine „natürliche Lösung" ohne Internet-Börsen-Kontakte für mich? Warum wollte kein Mann zu mir passen?

Vielleicht lag es an der Wahrnehmung und die Ursache war nicht ausschließlich in der unterschiedlichen Art von Frauen und Männern und deren oft analysierten klassischen Kommunikation zu suchen. Zu diesen Themen gibt es für meinen Geschmack bereits zahlreiche Comedy-Shows und ausreichend humorvolle Bücher.

Ich erinnerte mich an einen Auszug aus Atze-Schröders-Programm und erkannte den Wahrheitsgehalt seines Spruchs „Männer halten sich oft für Ferraris, sind aber nur Opel-Kadetts". Meiner Meinung nach neigen Frauen eher dazu, sich von vornherein als Golf zu beschreiben, obwohl sie glatt als Coupé durchgehen könnten. Nun stapeln sicherlich nicht alle Männer hoch und Frauen tief, dennoch spielt wohl bei beiden Gruppen die individuelle Wahrnehmung eine große Rolle.

Vor fünfzehn Jahren war ich von zwei Sorten Männern umgegeben, die beide nicht mein Fall waren, weshalb ich nach der dritten suchte... – die einen kamen äußerlich gefestigt daher, mochten sportlich, klug, schlank, ernährungsbewusst, nichtrauchend und recht gutaussehend sein, hatten aber hinter dieser schmucken Fassade kein hohes Selbstbewusstsein, nur wenig Rückgrat, ließen sich von der Frauenwelt eine Menge bieten, waren blass in ihrer Art, wenig unterhaltsam und soft.

Die anderen sahen weit weniger gut aus, neigten zu Bier, Wein, Weib und Gesang, frei nach dem Motto „Hoppla, hier komm ich". Dieser Typus lebte zwar nicht auf mehr auf Bäumen, aber sehr gegenwartsbezogen, war mit sich zufrieden und hatte arge Schwierigkeiten, sich aus der Perspektive anderer zu sehen. Diese Männer reflektieren sich wenig und kamen aus diesem Grund nicht auf die Idee, Zweifel an sich und ihren Verhaltensweisen zu hegen, was sie jedoch nicht davon abhielt, andere und deren Handlungen zu beurteilen oder gar zu verurteilen.

Ihr Auftreten entsprach im Wesentlichen dem Schröder-Spruch von wegen Ferraris. Wenn man als Frau an ein solches Exemplar gerät, ist es fast unmöglich, ihnen zu erklären, warum es einfach nicht passen wird. Ein schönes Beispiel findet sich in meiner ersten Geschichte und es lässt sich ein weiteres hinzufügen:

Im dritten Jahr meiner Suche traf ich auf Manuel, dessen elfjährige Tochter immer von Freitag bis Montag bei ihm im Bett schlief, spät ins Bett ging, vor der Playstation hing und selbst beim Motorradfahren an ihm klebte. Er selbst nahm trotz fetthaltiger Kost gut 50 Kilo ab, weil er sich ein Magenband setzen ließ. Er kannte keinen Sport, ging nie in die Sauna und war der Meinung, gute Bildungsabschlüsse fielen vom Himmel. Er selbst hatte keinen echten Schulabschluss, aber über den zweiten Bildungsweg einen festen Platz im Handwerk gefunden, obwohl er fest daran glaubte, er wäre fürs Abitur bestimmt gewesen. Er sah sich als Opfer des Schulsystems. Ein Immobilienerbe seiner Eltern sicherte ihm Einnahmen und Mietfreiheit.

Was entgegnete er mir, als ich ihm ehrlich und direkt andeutete, dass er mich nicht wirklich reizte und wir in verschiedenen Welten lebten? Das sei ja nicht so schlimm, er habe sich nicht in mich verliebt und wollte ja nur mal schauen, wie sich unser Kontakt entwickele. Immerhin sei ich ganz nett, man könne gut mit mir quatschen und ich sei nicht auf den Kopf gefallen. Was fand ich diesen Kerl von sich eingenommen! Er kam so gar nicht auf die Idee, sich selbst kritisch zu betrachten. Im Nachhinein zauberten mir seine Aussagen ein breites Grinsen ins Gesicht, weil sie zu dem Bild passten, welches ich mir von ihm gemacht hatte.

Die Eigenwahrnehmung ist eben eine andere als die Fremdwahrnehmung.

Jeder Mensch hört seine eigene Stimme nur innerlich und sieht sein Spiegelbild als Realität. Oft ist uns nicht bewusst, dass die Außenwelt uns in Ton und Bild aus einer anderen Perspektive wahrnimmt. Hier liegt der Grund, warum viele Menschen sich auf Fotos nicht so gut gefallen und ihre eigene Stimme auf Anrufbeantwortern kaum erkennen.

Vielleicht fällt es vielen Menschen deshalb so schwer, Kritik an sich heranzulassen. Bewertungen durch andere veranlassen nicht jeden zum Grübeln und einige weisen sie ganz von sich. Zum Selbstschutz ist Engstirnigkeit in Bezug auf die eigene Person sicherlich gut, aber ab und an sollte man sich, sein Aussehen und sein Verhalten hinterfragen und abwägen, ob am Urteil eines Gegenübers nicht doch etwas konstruktiv sein könnte.

Auf Nachbarn und Verwandte machte ich früher teilweise einen faulen, inaktiven und unbeweglichen Eindruck – kein Wunder, neben meinem omnipotenten Ehemann konnte ich gar nicht anders wirken –, was diese natürlich nicht laut äußerten.

Erst viel später fragte mich meine Schwiegermutter, warum ich zu Ehezeiten nicht so agil, wach und sportlich gewesen sei wie jetzt. Aus meiner Sicht hatte ich mich nicht wirklich verändert, sondern nur meinen Alltag als Halberziehende etwas umstrukturiert und angefangen, etwas an der Figur zu arbeiten. Mein tägliches Beamtenkoma fand lediglich im Verborgenen statt, während ich meinen unorthodoxen Biorhythmus zu meiner Zufriedenheit beibehielt – wann sonst als nach Mitternacht hätte ich die interessanten

Telefonate mit wildfremden Männern führen können, in denen endlich mal Themen zur Sprache gebracht werden konnten, die beide Seiten interessierten, die das Salz in der Suppe des Lebens darstellten.

Mir machte zu Beginn meiner Suche Mut, dass mein Exmann gesagt hatte „Du wirst mir immer schon deshalb sympathisch bleiben, weil du deine Fehler kennst und sogar über sie lachen kannst." Meine damaligen Malversuche auf Leinwand kommentierte er mit: „Wenn deine Psyche so farbig ist wie deine Bilder, muss ich mir um dein Seelenheil keine Sorgen machen". Doch auch Aussagen zu meinen ersten Schminkversuche nach dem Erweckungsurlaub musste ich verdauen: „Was hast du da auf den Wimpern? Das sieht aus wie Schuhkrem."

Auf Fortbildungen beruflicher Natur fiel beim gegenseitigen Feedback oft der Ausdruck „Authentizität", der mich natürlich freute. Dass hier zu erwähnen, ist vielleicht etwas überheblich: Eine meiner schlechten Eigenschaften, die ich Augen zwinkernd erkannt habe, aber nicht abstellen kann, weil sie immer mal wieder an die Oberfläche drängt.

Die 0-8-15-Männer in der Kneipe sprachen mich wahrscheinlich deshalb nicht an, weil ich ihnen zu forsch erschien - obwohl ich jahrelang in Ermangelung eines Gesprächspartners gar nicht redete. War es die Ausstrahlung?

Gut ein Jahrzehnt später hatte sich dieses geändert, da einige Stammtischler feststellten, dass ein Dialog mit mir doch ganz unterhaltsam sein konnte. Ich bekam aber auch zu hören „Du bist aber sehr selbstbewusst", „egoistisch" oder auch „kompromisslos".

Das ärgerte mich etwas, weil für mich im Gender-Hintergrund mitschwang, dass Frauen sich doch lieber zurückhalten sollten. Mittlerweile habe ich auch darauf eine Antwort in einem kürzlich veröffentlich Song gefunden, die da sinngemäß lautet: „I am not selfish, I am just strong".

Und was leite ich aus all dem ab?

Ich möchte nicht die denkbar schlechteste Kombination eines Mannes kennenlernen, der übel ausschaut, sich schlecht ernährt und ein Langweiler mit übersteigertem Selbstwertgefühl ist, sondern lieber die Sorte mit Ausstrahlung, Gesundheit, die an sich arbeitet, reflektiert, entwickelt und kreiert, sich trotzdem selbst treu bleibt, fest im Leben steht, auch mal die Blickrichtung wechseln kann, um andere oder sich selbst besser verstehen zu können. Der all-inclusive-Mann...

Resumeé und Ausklang

Eine Bilanz meiner Beziehungsversuche, die ich in meinem Tage-
buch festhielt, ergab ein ordentliches Sümmchen an Kontakten
zu Männern. Durch meine „Quartalsschreiberei" in etwas weiter
gefassten Intervallen gelang es mir, den Überblick zu behalten,
der mir zudem das Resümieren erleichterte und mir das Gefühl
gab, keine männerfressende Schlampe zu sein. Es hatte schließlich alles seine Ordnung! Selbst wenn sich da schon Mal dreizehn
Männer auf 33 Monate verteilten, handelte es sich doch um einen
steten Wechsel von ONS und echten Beziehungs-Bestrebungen
von unterschiedlicher Länge.

Und erwähnte ich nicht bereits im Vorwort, dass sich vielleicht
einiges oder alles ganz anders zugetragen haben könnte? Im Grunde
ist es nicht wichtig, ob Teile dieser Texte erfunden, ausgeschmückt,
mir oder einer anderen passiert sind.

Immerhin kann ich nun mit Fug und Recht behaupten, keine sekundäre Jungfrau geworden zu sein. Ich habe zwischenmenschliche
und sexuelle Erfahrungen gesammelt, die etliche meiner Fragen
nach der Scheidung beantworteten.

Angefangen bei teeniehafter Neugier à la Doktor Sommer, die
sich fragt, ob alle Penisse im erigierten Zustand gleich aussehen
würden bis hin zur Korrelation von Alter und Potenz eines Mannes
kann ich nun voll mitreden — wenn denn solche Fragen in der
Kneipe erörtert würden, was ja nun oft nicht der Fall ist. Eher im
Gegenteil!

Entgegen meiner Erwartung flüchten Herren mit eingeschränktem
Unterhaltensrepertoire schnell an das andere Ende der Theke,
wenn ich das langweilige Gespräch doch mal unter die Gürtellinie
zu lenken versuche. Überhaupt musste ich erkennen, dass sehr
viele gar nicht in der Lage sind, offen über Sexualität zu reden.
Vermutlich auch, weil es mit der eigenen gar nicht so weit her

ist. Und das gilt sowohl für Junggesellen als auch für Verheiratete. Viele Ehen in Deutschland scheinen in dieser Hinsicht tot zu sein – oder winden sich noch röchelnd am Boden.

Am Ende der Suche im Jahr 2009 war ich in der Lage, meine zurückliegende Partnerschaft mit meinem Ehemann aus einer vielfältigen Perspektive zu bewerten. Ich erkannte, dass vor allem auch die horizontale Seite der Partnerschaft nicht die schlechteste gewesen war, ganz abgesehen von der gemeinsamen Augenhöhe. Schade, dass ich das Wissen in der Ehe selbst noch nicht hatte. Meine Sichtweisen über Oralsex, diverse Praktiken und viele andere Dinge, die nicht Bestandteil dieses Büchleins sein sollen, rückten in ein ganz neues Licht.

Ich bedauerte, dass ich die unterschiedlichen Vorzüge der kennengelernten Männer, ihre guten Attribute und Details, nicht nach eigenem Gusto „zusammenbasteln" konnte. Die Sache mit dem „Ich backe mir einen Mann" hätte wirklich etwas für sich gehabt, nachdem ich nun alle wichtigen Zutaten für meinen Geschmack gefunden hatte.

Mit meinem neuen Wissen und dem gleichzeitigen Blick auf mein Kreisdiagramm war ich im Sommer 2009 etwas ernüchtert, da ich bis dato niemanden getroffen hatte, der meinem Rezept entsprach: klug, aber gleichzeitig auch lebensfähig, schlank und sportlich, dennoch häuslich und hygienisch sowie kreativ, aber auch strukturiert bodenständig in der Chemie zu mir passend.

Zum Glück habe ich den bereits erwähnten besten Freund gefunden, mit dem ich acht Jahre eine hervorragende Wochenendbeziehung führte. Er erdete mich ungemein, bis ich meinte, meine Libido stärker in Schwung bringen zu müssen.

Aber das ist eine andere Geschichte.

Anhang - Tipps für das Verhalten in Internet-Single-Börsen

Nachdem ich Erfahrungen mit verschiedenen Dating-Börsen gemacht hatte, war ich in der Lage, andere zu beraten. Männer berichteten mir, dass sie teilweise gar keine Antworten auf erste Anschreiben bekamen und verstanden nicht, dass von Seiten der Frau nicht mal eine Absage kam.

Einerseits warb ich für Verständnis, denn Frauen reagierten oft nicht, weil sie wussten, dass „jede Reaktion eine ist", d.h. auch im Fall einer Absage drängten Männer oft auf ein Treffen und stellten Rückfragen, wollten Kritik hören, um diese zu entkräften. Dabei rutscht die Frau zunehmend in eine Rechtfertigungshaltung.

Beispiel: Für viele bodennah gewachsene Männer ist es nicht akzeptabel, wenn eine Frau schreibt, sie mag nur Typen über 1,85 cm treffen. Analog gilt dieses ebenso beim Alter. Männer sind nicht bereit, die von der Frau gesetzten Grenzen hinzunehmen und ihre Eroberungsversuche einzustellen. Sie versuchen, die Aussagen der Frau in Frage zu stellen, zu diskutieren, ihre eigenen Charaktereigenschaften positiv hervorzuheben, so dass die Frauen ihre Meinung immer wieder neu begründen müssen, was wiederum die Herren als persönliche Kritik einordnen. Wortwechsel enden nicht selten in Beleidigungen und hinterlassen einen miesen Nachgeschmack.

Andererseits gab ich Männern Tipps, was sie in ihren Profilen und Anschreiben meines Erachtens berücksichtigen sollten - sofern sie ihre Chancen ernsthaft verbessern und überhaupt solche Weiber wie mich treffen wollten, die ja schon etwas speziell sind.

- Wähle einen Nickname, der zu Dir passt, aber auch neugierig macht. Bedenke aber unbedingt, wie er auf andere wirken könnte. Es ist aus unterschiedlichen Gründen vielleicht nicht ratsam, sich Herkules, Bighammer, Kuschelbär oder Einsamer zu nennen...

- Wähle einen Leitspruch, der sich vom so oft verbrauchten Carpe diem, einem Exupery-Spruch oder dem „Ein Tag ohne ein Lächeln ist ein verlorener Tag" abhebt. Falls Du ein Zitat nutzt, kennzeichne dieses am besten mit dem Namen des Urhebers. Das zeigt, dass Du es nicht nötig hast, „abzukupfern" und vielleicht sogar gebildet bist;

- Nutze ein aussagekräftiges Profilbild. Nackte Oberkörper wirken oft prollig und wenn Du kein Anzugträger bist, solltest Du Dich auch nicht so zeigen. Wenn Du anonym bleiben willst, nimm kein Comicbild, sondern zeige z.B. eine Rückenansicht in Jeans und T-Shirt oder Dich beim Ausüben eines Hobbies in entsprechender Montur;

- Schreibe niemals „Es ist so schwer, sich selbst zu beschreiben" oder „Frage, wenn Du etwas wissen willst". Biete knackige Infos, übertreibe nicht und nutze ironische oder selbstkritische Andeutungen.

Wer nichts erzählt, bietet keinen Grund, ihm zu schreiben;

- Nutze gleichzeitig nie mehr als zwei Börsen. Das bedeutet weniger Stress und man behält den Überblick; greife Dir gezielt immer eine Kleinstadt pro Abend und sichte, ob es in Frage kommende Singles gibt. Lieber Qualität als Quantität, d.h. viele aufgerufene Profile, aber vielleicht nur wenige Anschreiben.

- Behalte bei der Suchfunktion die Entfernung im Auge und beachte, wann die Person das letzte Mal in der Börse online war. Es gibt einige Karteileichen im Netz, da die Portale gern mit einer hohen Anzahl von Mitgliedern werben. Da ist es dann kein Wunder, wenn keine Antwort kommt.

- Beziehe Dich beim ersten kurzen Anschreiben auf den Nickname oder ein konkretes Detail aus dem Profil der Frau. Schreibe nicht zu allgemein, nichts über das Wetter und vermeide Pauschalitäten. Die angeschriebene Frau sollte merken, dass Du sie und keine andere meinst, dass Du ihr Profil gelesen hast und nicht den gleichen Spruch an 100 Frauen versandt hast;

- Wenn du einen „individuellen" Rahmen gestaltet hast, spricht im weiteren Austausch allerdings nichts gegen die Verwendung eines kopierbaren Textbausteins, solang Du ihn mittig platzierst und er eines deiner Erlebnisse oder einen selbst kreierten Spruch beinhaltet;

- Sollte es eine Betreffzeile geben, nutze sie! Die meisten Männer reagieren nur auf das Schreiben einer Frau und deren Überschrift bleibt bestehen. Selbst formulierte Titel zeugen von Kreativität, Aktivität, Schlagfertigkeit und Niveau. Leider nutzen viele Männer dieses nicht und hinterlassen bei aktiven Frauen einen lahmen Eindruck;

- Rechne damit, dass einige Frauen auf die „Salami-Taktik" setzen und nur Scheibe-für-Scheibe Informationen liefern. Sie halten manchmal Einiges zurück, um niemanden mit der ganzen Realität zu verschrecken (ein Kind, zwei Kind, drei Kind) – im Gegensatz dazu behalten Männer vieles gleich ganz für sich. Jede/r will sich eben gut verkaufen und dem anderen erst Mal gefallen;

- Achte auf gefakte Fotos. Sind zum Beispiel Gegenstände, Heizungen, Fenster im Hintergrund proportional korrekt zu erkennen oder wurde die Dame auf dem Bild in der Breite gestaucht bzw. in der Länge gestreckt… Männer setzten teilweise auf Verschleierung, wenn sie eine Comic-Figur statt sich selbst ins Profil stellen oder ein Glatzenträger sich mit Mütze ablichten lässt;

- Geh davon aus, dass nicht jede Angabe aus deiner Perspektive gemacht wurde. Die Definition einer „normalen Figur" ist ebenso variabel wie die Angabe der Sportlichkeit. „Reise gern" kann auch einen Wunsch für die Zukunft beinhalten;

- Mache nicht zu viele inhaltliche Kompromisse, nur weil Dir ihr Bild so gut gefällt.

Frauen gab ich oft anderes mit auf den Weg:

- Gib nie zu früh deine Handy-Nummern oder gar Adresse heraus. Dafür sollten Männer erst einige Hürden genommen haben, auch wenn sie der Schriftsprache nicht so zugeneigt sind. Gute Telefonate helfen bei der Entscheidungsfindung oft weiter. Kontaktdaten aber auch dann erst beidseitig austauschen, wenn ein Treffen tatsächlich in Frage kommt;

- Stelle vor einem Treffen unbedingt die Lebenssituation des Mannes sicher und gleiche sie mit deinen Wünschen ab (z.B. Wäsche waschen, Haushalt, berufliche Situation, Zeitmanagement, Altlasten). Stimmen diese nicht mit deinen Vorstellungen überein, überlege Dir gut, ob ein Treffen überhaupt sinnvoll ist;

- Mache nie zu viele Kompromisse, auch wenn er Dich davon überzeugen will. Zieh die Reißleine so früh wie möglich, wenn Du merkst, dass es nicht passen wird. Alles andere ist Zeit- und Energieverschwendung und das Ganze endet nicht selten in Beschimpfungen und einem unguten Gefühl;

- Sei nicht zu nett, wenn Dir jemand unsympathisch ist. Bleibe authentisch und lass Dich nicht aus Mitleid zu einem Treffen erweichen. Ein solches Vorgehen weckt nur falsche Hoffnungen.

Natürlich könnte ich auch wunderbare Tipps für erste Dates geben... aber die Zeiten haben sich geändert und Tinder und Co ticken heute vielleicht ganz anders, so dass auch diese Zeilen schon zu viel sein mögen.